S0-ADL-840

Divorcio por amor

Trish Morey

CHICAGO PUBLIC LIBRARY
ROGERS PARK BRANCH
9907 N. CLARK ST   60626

Bianca®

HARLEQUIN®

Editado por HARLEQUIN IBÉRICA, S.A.
Hermosilla, 21
28001 Madrid

© 2005 Trish Morey. Todos los derechos reservados.
DIVORCIO POR AMOR, Nº 1654 - 8.3.06
Título original: The Mancini Marriage Bargain
Publicada originalmente por Mills & Boon®, Ltd., Londres.

Todos los derechos están reservados incluidos los de reproducción,
total o parcial. Esta edición ha sido publicada con permiso de
Harlequin Enterprises II BV.
Todos los personajes de este libro son ficticios. Cualquier parecido
con alguna persona, viva o muerta, es pura coincidencia.
® Harlequin, logotipo Harlequin y Bianca son marcas registradas
por Harlequin Books S.A.
® y ™ son marcas registradas por Harlequin Enterprises Limited y
sus filiales, utilizadas con licencia. Las marcas que lleven ® están
registradas en la Oficina Española de Patentes y Marcas y en otros
países.

I.S.B.N.: 84-671-3458-5
Depósito legal: B-2572-2006
Editor responsable: Luis Pugni
Composición: M.T. Color & Diseño, S.L.
C/. Colquide, 6 - portal 2-3º H, 28230 Las Rozas (Madrid)
Fotomecánica: PREIMPRESIÓN 2000
C/. Algorta, 33. 28019 Madrid
Impresión y encuadernación: LITOGRAFÍA ROSÉS, S.A.
C/. Energía, 11. 08850 Gavá (Barcelona)
Fecha impresion para Argentina: 4.9.06
Distribuidor exclusivo para España: LOGISTA
Distribuidor para México: CODIPLYRSA
Distribuidores para Argentina: interior, BERTRAN, S.A.C. Vélez
Sársfield, 1950. Cap. Fed./ Buenos Aires y Gran Buenos Aires,
VACCARO SÁNCHEZ y Cía, S.A.
Distribuidor para Chile: DISTRIBUIDORA ALFA, S.A.

R0407310840

Capítulo 1

CHICAGO PUBLIC LIBRARY
ROGERS PARK BRANCH
6907 N. CLARK ST   60626

EL RUIDO la despertó. La insistencia con la que alguien aporreaba su puerta sacó a Helene Grainger de sus sueños. Una sola mirada a la pantalla del despertador electrónico bastó para aliviarla. Había dormido menos de una hora. Después de todo, no se había quedado dormida para tomar el taxi que debía recogerla a la mañana siguiente.

Seguían llamando a la puerta así que, medio tambaleándose, salió de la cama para ponerse su bata de seda y las zapatillas mientras su mente se ponía en marcha. Si no era el conductor del taxi ansioso por no perder su carrera hasta el aeropuerto Charles de Gaulle, ¿quién demonios estaba aporreando su puerta a esas horas de la noche? A menos que fuera Agathe, su vecina de al lado, que hubiera tenido algún contratiempo...

Se movió rápido por el pasillo. Quizá Agathe se había caído. Eugene no sería capaz de levantarla solo.

–*Je viens!* –gritó ella–. Ya voy.

Olvidándose de las medidas de seguridad en su ansia por ir en su ayuda abrió la puerta inmediatamente, pero al hacerlo retrocedió instintivamente. La cabeza empezó a darle vueltas mientras asimilaba la imagen que tenía frente a ella.

Tenía el puño apretado y levantado para volver a aporrear la puerta y su mirada parecía atormentada. Tenía el pelo despeinado como si se lo hubiera estado alborotando con las manos. En su otra mano sujetaba lo que parecía un portafolios de cuero.

–Paolo.

Susurró su nombre mientras tomaba aliento. El dolor y el peso de los años de noches en blanco y larga espera inundaban su pensamiento en aquel momento. Siempre había sabido que él volvería algún día, pero nunca se había imaginado que sería así ni que Paolo estuviera tan tenso y tan serio. ¿Qué le sucedía?

Él inspiró profundamente y retuvo el aire en sus pulmones mientras bajaba lentamente el puño. Llevaba un par de días sin afeitar. Un músculo de su mandíbula se tensó en un intento de esbozar una medio sonrisa mientras, de repente, dejaba escapar el aire que había estado reteniendo. Había un ligero rastro de olor a café mezclado con whisky en la inconfundible esencia de Paolo. Esencia que le erizó los sentidos mientras su agonizante mirada continuaba fija sobre la suya.

Entonces despacio, casi imperceptiblemente, él agitó la cabeza.

–Se ha terminado.

El sonido de la cerradura, de la cadena de seguridad y del pomo de la puerta al abrirse resonaba en su conciencia mientras las palabras de Paolo dejaban un enorme vacío en su corazón.

«Se ha terminado». ¿Pero por qué la impactaba tanto? Había estado esperando que llegara ese momento más de la mitad de su vida y a pesar de todos esos años de espera, de todos esos años sabiendo que aquel día llegaría, el dolor no había disminuido.

Porque ella nunca había querido que aquello terminara.

La puerta chirriante del apartamento de al lado se abrió. Alguien habló a través de la cadenita de seguridad.

–*Helene! Dois-j'appeler la police?*

La frágil voz de Eugene traicionaba el estado de su octogenario vecino. Helene nunca había recibido visitas a aquellas horas de la noche. Con razón pensaba en llamar a la policía.

–*Mais non, Eugene* –dijo ella intentando tranquilizar a su vecino–. *C'est juste un vieil ami. Je suis désolée du bruit* –dijo disculpándose por el ruido.

–*Bon* –dijo él con brusquedad antes de volver a meterse en su apartamento y cerrar la puerta tras él.

Se giró hacia Paolo y los ojos de ambos se encontraron. El riguroso escrutinio al que fueron sometidos la hicieron ver en ellos tanto dolor que sintió lástima por él. Ahora era un hombre a punto de ser liberado. ¿Qué sería lo que le causaría tanta angustia?

–Supongo que será mejor que entres –le dijo por fin volviendo a su lengua materna y con el corazón latiéndole mucho más deprisa debido a su triste mirada.

Ni siquiera la interrupción de Eugene había impedido que todo su cuerpo se sintiera inquieto y amedrentado ante las palabras que Paolo tenía que decirle.

Porque aquello no era una visita de cortesía.

–Será mejor que vuelva mañana –dijo retrocediendo como si, de repente, se hubiera dado cuenta de lo tarde que era–. Estoy molestando a tus vecinos.

–Ya nos has molestado a todos. Me marcho por la mañana. Terminemos con esto cuanto antes.

Instintivamente lo agarró del antebrazo para hacerle entrar en el apartamento. El tacto de su brazo, el más mínimo roce de la carne y los músculos escondidos bajo aquel chaquetón de cuero, hicieron que Helene retirara la mano de una sacudida.

No podía tocarlo. Él no era suyo.

Nunca lo había sido.

Él la siguió dentro del apartamento. Ella parecía tan tensa como lo estaba él y eso lo sorprendía mucho. Probablemente habría conseguido olvidarse de él, olvidar todas las circunstancias que les reunieron por primera vez.

Él también había hecho lo mismo y durante la mayor parte del tiempo le había funcionado. Así había sido hasta que recientemente su pasado en común había vuelto a ponerse de manifiesto.

Los ojos de Paolo siguieron su progreso hacia el interior del apartamento. Aún podía marcharse. Volver a mejor hora. Quizá incluso sería mejor enviarle un fax para hacerlo todo más oficial. Después de todo, él era abogado y manejaba asuntos mucho más complicados que éste.

Casi estuvo a punto de marcharse, pero había algo en ella, las ondas de sus cabellos color rubio ceniza marcadas por la presión de la almohada, los ensombrecidos ojos que insinuaban secretos, los labios carnosos y rosados, que le hizo cambiar de opinión.

Se parecía tanto a la chica que había conocido hace años con aquel refinado acento inglés y la misma actitud mezcla de rebeldía y vulnerabilidad... Pero aun así podía ver que había mucho más.

Cerró los ojos para tomar fuerzas ya que el seductor balanceo de sus caderas bajo su bata de seda le estaban haciendo olvidar por qué se encontraba allí. Con un suspiro la siguió, pero fue incapaz de conseguir apartar la mirada de ella por mucho que lo intentara.

¿Había sido Helene tan seductora hace doce años? ¿Sus problemas habían sido tan importantes en aquel entonces para no darse cuenta de ello? ¿O sería que el tiempo había transformado a aquella joven estudiante en una mujer impresionante?

Tras un gran esfuerzo, su mente logró centrarse en un pensamiento lógico. Realmente, era un poco tarde para empezar a fijarse en lo guapa que era una mujer diez minutos antes de divorciarse de ella.

Ella se giró y lo esperó en el salón mientras encendía una lamparilla de segmentos de cristal coloreado que emanaba una luz cálida que iluminaba toda la estancia.

−¿Quieres tomar algo?

Definitivamente parecía que él necesitara tomar algo, pero ésa no era la única razón por la que le preguntaba. Ahora ella necesitaba espacio para respirar. Por mucho que hubiera anticipado aquel momento durante doce años, aún era demasiado pronto, repentino y doloroso.

«Había llegado el momento de deshacerse de ella».

Ella se concentraba en controlar la respiración y mantener las manos en calma mientras esperaba su respuesta. Él parecía llenar todo el espacio de la pequeña habitación haciendo que incluso los muebles parecieran pequeños. Él había hecho subir la temperatura hasta el punto que ella sentía cómo su cara se sonrojaba. Él la hizo desear que llevara algo más bajo la bata que un par de medias rosas de algodón.

Paolo pensó la respuesta durante un momento y después, contestó.

−¿Café?

Aliviada, se dirigió hacia la cocina. Encendió la cafetera y dispuso las tazas, pero su mente se negaba a centrarse en tan sólo hacer café.

Doce años habían convertido al delgado estudiante de entonces en un atractivo hombre que parecía estar esculpido en roca. Incluso con una barba de tres días, unos ojos llenos de preocupación y el pelo revuelto, Paolo se veía bien. Mejor que bien. De hecho, había visto fotografías suyas en las revistas cuando iba a la peluquería de vez en cuando. Sin embargo, en todas ellas siempre parecía estar mirando fijamente al fotógrafo como si estuviera molesto por verse retratado. Por el contrario, la mujer que llevaba del brazo parecía ser menos tímida hacia las cámaras y siempre aparecía sonriendo en las fotografías. Pero, ¿quién podría culparla de estar tan feliz? Lo tenía todo. Era una mujer despampanante. Una exitosa diseñadora de moda para la firma Bacelli de Milán. Y encima tenía a Paolo.

«Sapphire Clemenger».

No había manera de que Helene pudiera olvidar su nombre. Ella era, según las páginas de sociedad, la mujer a la espera de convertirse en la inminente señora de Paolo Mancini. Bien, si la visita de Paolo era indicativo de ello, parecía que no iba a tardar mucho en tener oportunidad de ello. Paolo obviamente no podía esperar más para ser libre y casarse con ella.

—No pareces muy contenta de verme.

Se puso tensa. Antes de girarse aprovechó para tomar aire. Estaba apoyado en la entrada de la cocina y descansaba el brazo contra la otra jamba. Se había quitado el chaquetón y la camisa blanca entallada que llevaba realzaba la anchura de su torso y la esbelta y elegante línea de su cuerpo. A Helene se le quedó la boca seca.

—Es tarde —dijo ella, tragando saliva—. Pensé que le ocurría algo a Agathe, mi vecina de al lado. Está enferma del corazón. Estaba preocupada por ella y por Eugene. Saben que pueden avisarme si algo pasara...

—Debes saber por qué estoy aquí.

Ella asintió, luchando contra la determinación de sus hombros por mantenerse decaídos. No podía dejarle ver que esto la afectaba.

–Khaled se ha casado al fin.

–Sí.

La palabra le rebanó en pedazos el corazón.

El saber no era poder.

El saber era dolor.

Aun así era una locura. Debería estar feliz por escapar de la sombra de Khaled Al-Ateeq, el hombre a quien había sido prometida cuando apenas contaba con diecisiete años para cerrar un trato que garantizara los intereses de petróleo de su padre en Oriente Medio y quien había enfurecido por haberse escapado con Paolo y haberse casado con él primero.

Su breve ceremonia civil puso fin al matrimonio concertado y al trato entre ambas familias para cerrar la operación, pero aun así ella había temido siempre que Khaled persistiera en su intento de perseguirla, así que Paolo le había prometido continuar siendo su marido hasta que Khaled se hubiera casado con otra mujer.

Era un plan tan simple que ambos pensaron que Khaled no tardaría más de un año o dos en encontrar una nueva esposa.

Sin embargo, la sombra de la venganza había estado planeando sobre sus vidas durante más de una década. Una permanente nube envenenada les había amenazado con sofocar cualquier tipo de relación que ella mantuviera con hombres y cualquier oportunidad que Paolo tuviera de establecer su propia familia.

Hasta ahora.

Ahora que Khaled se había casado, ambos serían libres. Salvo que para ella la libertad significaba romper el lazo que la unía con el único hombre a quien había amado en toda su vida.

–Vaya. Ciertamente se ha tomado su tiempo.

Vio cómo un músculo de su mandíbula se endurecía. Había fallado en su intento de darle algo de humor al asunto.

–Ya no tendrás que preocuparte más por él. Estás a salvo. Nunca volverá a molestarte.

Sus palabras estaban llenas de emoción. Durante doce años él había mantenido su promesa por ella. Podía haberse casado y tener un hogar lleno de niños. ¡Así es como debería haber sido! Por el contrario, le habían endilgado una mujer que nunca había querido y una promesa que no tenía ni idea de que pudiera ser tan vinculante.

Sin duda quería terminar con ello.

–Así que me has traído los papeles para firmar –le dijo al pasar con la bandeja intentando no respirar mientras pasaba por su lado para no oler esa esencia que tan pronto tendría que volver a olvidar.

Él asintió.

–Están en el portafolios.

–Entonces vamos a ello –dijo tratado de infundir a sus palabras un poco más de entusiasmo.

Paolo sacó los documentos mientras ella servía el café. Ella no dejaba de pensar por qué no se había hecho mejor una infusión. Era muy tarde y tenía que dormir algo antes de su vuelo a la mañana siguiente. La última cosa que quería era no poder dormir a causa de la cafeína.

Entonces fue cuando echó un vistazo a Paolo y se dio cuenta de que se estaba engañando a sí misma. Tomara lo que tomara aquella noche, no sería capaz de dormir. No ahora. No sabiendo que todo había llegado a su fin.

Paolo se sentó a su lado en el sofá rozando su muslo contra el de ella e, inadvertidamente, atrapando uno de los laterales de su bata de seda. Pero ya era demasiado tarde cuando se dio cuenta de lo que estaba pasando. Cuando ella se movió para cambiar de posición, uno de los laterales del resbaladizo tejido quedó atrapado bajo el muslo de Paolo dejando completamente al aire su pierna.

Helene agarró el otro lado de la bata intentando cubrirse con él antes de que su vientre quedara también al descubierto. Al instante lamentó no haber aprovechado la oportunidad de ponerse más ropa antes de sentarse a conversar con Paolo, pero dado que normalmente dormía desnuda al menos era una suerte que llevara un par de medias bajo la bata de seda.

Pero afortunada no era como precisamente se sentía en ese momento en el que la combinación de aire frío y una gran dosis de vergüenza le habían puesto la piel de gallina.

Paolo pareció tardar un rato en percatarse de su angustia. Levantó la mirada de los papeles hasta la rodilla de ella y después, lentamente la fue dirigiendo hacia arriba. Parpadeó peligrosamente despacio cuando sus ojos llegaron donde su piel desaparecía bajo la bata. Entonces fue cuando sus ojos se movieron hacia las manos que sujetaban fuertemente el cinturón de la bata y después hacia su cara, aunque estaba segura de que hubo un momento en el que se detuvieron en los turgentes pezones que se marcaban bajo el fino tejido de la bata.

Su mandíbula se tensó y algo pareció resplandecer en sus ojos, algo ardiente, peligroso y poderosamente magnético. Fue entonces cuando, debido a su mirada, empezó a sentir cómo el pulso se le aceleraba en los lugares más íntimos mientras su vergüenza se convertía en algo mucho más primario. Entonces, casi inmediatamente, los ojos de Paolo se enfriaron a modo de disculpa. Un segundo después se había levantado de su asiento y se había marchado al lado opuesto de la habitación fingiendo un repentino interés en los adornos de la repisa de la chimenea.

—Lo siento —dijo él con una voz inusualmente grave.

Ella se cubrió anudándose de nuevo la bata mientras su piel ardía.

Vaya. Helene ya había visto antes aquella mirada. También había oído de su boca las mismas palabras. Esperaba que no pensara que había tratado de seducirle de nuevo. Ahora ya no era aquella chica ingenua de diecisiete años en su noche de bodas. No era tan estúpida como para volver a intentarlo.

Podía recordar a la perfección sus palabras a pesar de los años.

«Lo siento, pero este matrimonio no tiene nada que ver con el sexo», le había dicho entonces deshaciéndose de los brazos con los que ella le rodeaba el cuello.

¿No pensaría que sería capaz de pasar por aquella humillación otra vez? Él la había rechazado en su noche de bodas y acababa de dejar clarísimo que tampoco la quería ahora. ¿Por qué demonios lo haría cuando por fin tenía oportunidad de librarse de ella para siempre? ¿Realmente pensaba que aún le importaba lo suficiente como para volver a intentarlo, después de doce años sin saber nada de él excepto por su felicitación navideña de parte de su despacho de abogados?

Debería estar loco para pensarlo.

Totalmente loco.

Pero ella lo hacía.

El tiempo y el dolor no habían eliminado la atracción. Si acaso la habían intensificado, afilado hasta tal extremo que cuando ella acudió a abrir la puerta esa noche sintió cómo una aguja explotaba su corazón y sus fragmentos se incrustaban en su carne como astillas.

«Maldita sea».

¿Cómo era posible que un hombre al que habías prometido olvidar se las apañara para hacer que te derritieras? No era justo. Especialmente cuando todo lo que él quería era ser libre para poder casarse con otra.

Pero si él se merecía algo por haber sido fiel a su promesa durante tanto tiempo era ser liberado cuanto antes de las ataduras que les mantenían unidos. Al menos le debía eso.

—No tienes por qué disculparte —dijo ella tranquilamente mientras él continuaba estudiando los objetos y las fotografías de la chimenea—. Estoy segura de que te corre prisa para poder casarte. Dame los papeles para que pueda ir firmándolos mientras te tomas el café.

Claro que se tomaría el café. Podría incluso tomarse algo más fuerte. Pero al menos se iría con la seguridad de que ella no pensara que había ido hasta allí para conseguir algo más que su firma. Y eso que los últimos doce años habían convertido a Helene en una mujer muy atractiva. Sus ojos verdosos brillaban a la luz de la lamparilla y reflejaban inteligencia y calidez. Su barbilla era angulosa como la de su padre y sus labios carnosos y apetecibles.

Volvió a sentarse para poner los documentos frente a ella. El remanente de su perfume se mezclaba con su

fragancia natural haciendo que una nueva esencia totalmente femenina y seductora lo embriagara.

Ella era una mujer muy atractiva, no había duda.
Pero había sido la visión de aquella pierna cuya pálida
piel parecía no terminar nunca y el saber que no podría
llevar mucho más que un par de medias rosas bajo
aquella bata de seda, lo que le hizo de repente desear
retozar con ella en la cama de la que él la había sacado.

Pero quizá ella no estuviera sola.

De repente, Paolo quiso averiguarlo todo sobre ella.
¿Qué había hecho durante los últimos doce años?
¿Con quién había estado saliendo? ¿Había alguien que
la estuviera esperando en la cama?

Después de haber estado mirando sus fotografías no
parecía haber descubierto nada. Tampoco había evidencia de que hubiera alguien más en su apartamento.
No había rastro de presencia masculina, pero aun así
necesitaba saberlo.

–Los sitios donde tienes que firmar están marcados
–le señaló él–. ¿Estás segura de que no molesto a nadie
más estando aquí siendo tan tarde? ¿Un compañero de
piso? ¿Un novio?

Helene levantó bruscamente los ojos de los papeles
para mirarlo fijamente.

–Completamente segura –respondió ella con la mayor frescura.

Él maldijo en su interior. No era la respuesta que
quería. Aquello no le decía mucho más que lo que ya
sabía.

–¿Así que no tienes novio? ¿O es que no vive aquí?

Ella dejó caer el bolígrafo y volvió a mirarlo de
frente.

–No me había dado cuenta de que era eso lo que me
estabas preguntando. Si te interesa, no hay ningún no-

vio aquí ni en ningún otro sitio. Tampoco tengo compañero de piso. Obviamente no tengo marido excepto tú, claro. Cuanto antes me dejes firmar estos papeles antes podré solucionarlo.

—Había pensado que estarían haciendo cola en tu puerta —le dijo mientras la dejaba estudiar los papeles.

¿Acaso estaba tan desesperada por firmar?

Sus ojos se posaron en la vieja fotografía de una pareja que reconoció al instante. Eran los padres de Helene. Sus suegros.

—¿Cómo están tus padres? —le preguntó mirándola por encima del hombro.

—No lo sé —dijo ella.

Paolo se giró hacia ella. Sintió por el tono de su voz que las cosas no iban bien entre ellos.

—¿No lo sabes?

Helene dejó caer el bolígrafo encima de la mesa y tomó aire deslizándose las manos por el pelo. Fascinado, Paolo observó la forma en que se alisaba entre sus dedos antes de caer de nuevo ondulado sobre sus hombros. Le encantaba la forma en que deslizaba sus manos por su melena. Ella tenía el tipo de cabello en el que uno podía perderse.

—La última vez que supe algo de mi padre fue cuatro semanas después de nuestra boda. Tú ya habías regresado a Milán y yo acababa de encontrar mi primer piso en París. Allí fue donde me llegó la carta de su abogado. En ella me decía que consideraba que nunca había tenido una hija y que nunca volviera a hablar con ninguno de ellos otra vez.

—¿Renegó de ti?

—Eso parece.

—No lo sabía.

Ella se encogió de hombros.

–Esperaba que se enfadara. Echamos por tierra todos sus planes. No sólo perdió prestigio, también perdió millones, potencialmente billones si la operación hubiera sido el éxito que él esperaba. No iba a dejar que me fuera tan fácilmente. Quería que pagara por ello.

–Pero romper contigo de esa manera y hacer que no tengas relación con tu madre.

–Está bien. De veras –dijo ella demasiado deprisa para que él creyera que era cierto–. Después de todo, obtuve lo que quería. Tengo un buen puesto en el Instituto Internacional de la Mujer y me he forjado una buena vida aquí en París –le dijo sonriendo–. Y pensar que todo te lo debo a ti...

–No –dijo él–. Has logrado que tu vida sea un éxito gracias a ti misma.

–Pero nunca habría tenido esa oportunidad si no fuera gracias a ti. Nadie más trató de impedir lo que estaba sucediendo y, aunque lo hubieran hecho, la posibilidad de actuar en mi defensa ante las amenazas de mi padre habrían hecho desistir a cualquiera. Tú eres la única persona que se preocupó lo suficiente por mí y no permitió que mi padre me tratara como mercancía en su operación.

Paolo no estaba seguro de que sus acciones hubieran sido tan nobles. Le había enfurecido el hecho de que una compañera, una buena amiga, estuviera ante aquella situación por culpa de su familia. El ímpetu de la juventud y la certeza de que la familia de ella se equivocaba le habían llevado a tomar la determinación de que su plan de vender a su hija tendría que ser frustrado. Y simplemente Helene y él encontraron la mejor forma de hacerlo.

Paolo tomó aire. Mirando hacia atrás, sabiendo lo que sabía ahora, sabiendo todo lo que había puesto en juego, pensaba que quizá jamás tendría que haberse involucrado en ello. Quizá debería haberle dado la espalda y dejar que se hubiera casado con Khaled.

–¿No entiendes que me diste la libertad a costa de la tuya propia? –continuó ella–. Sé que nunca podré pagarte por los años que has desperdiciado por estar atado a mí, pero debes saber que siempre te estaré agradecida por lo que hiciste por mí.

Ella volvió a sonreír intentado ocultar la humedad que rodeaba sus ojos. Algo hizo que Paolo se conmoviera. ¿Cómo podría haberla abandonado? ¿Cómo habría podido ni siquiera pensarlo? Todo lo que podía hacer era levantarse y correr hacia ella para estrecharla entre sus brazos y besarla para poder mitigar su dolor.

Pero Paolo no se atrevía a hacerlo. Ya había estado a punto de perder el control. Si la besaba, no habría forma de parar porque sabía que, sin duda, ella lo ayudaría a mitigar su propio dolor.

Así que en lugar de besarla se forzó a sonreír y no pensar en las devastadoras consecuencias de algo que ambos habían hecho tanto tiempo atrás y tratar de olvidar a la mujer que ahora se había unido al hombre del que él había salvado a Helene.

Así que, ¿de qué servía haber salvado a Helene? No había hecho nada para salvar a Sapphy del mismo destino. Se la había puesto en bandeja a Khaled. Tenía muy poco de lo que sentirse orgulloso.

Paolo necesitaba poner fin a la conversación. Se estaba convirtiendo en algo peligroso que podría hacerle daño.

–Era lo menos que podía hacer –dijo con voz ronca y profunda mientras se giraba hacia su pequeña colección de fotografías antes de que ella pudiera percatarse de que algo iba mal.

Unos segundos más tarde el sonido de los papeles le hizo de nuevo centrar su atención sobre los documentos.

Paolo dejó escapar el aire que había estado reteniendo en sus pulmones sin darse cuenta. Haber ido allí esa noche no había sido una buena idea. Debería haberle enviado los documentos. Haber ido allí era como haber quitado la venda a una herida que nunca se había curado y que ahora volvía a estar expuesta.

–Hay algo que no entiendo –dijo ella después de un rato interrumpiéndolo en sus pensamientos–. Estos documentos parecen los de un divorcio normal. Yo pensé que...

Él miró a su alrededor y esperó, observando cómo sus mejillas se sonrosaban. Entonces, cuando estuvo seguro de que ella no iba a continuar, Paolo le preguntó.

–¿Qué era lo que pensabas?

–Bueno, pensé que querrías una anulación. Ya sabes, dado que...

Helene se detuvo de nuevo. Paolo dio un paso en dirección a ella observando cómo un torbellino de emociones se reflejaban en el brillo de sus ojos.

–¿Dado que nunca llegamos a consumar el matrimonio?

Ella asintió dejando expuesta su sonrojada piel por un instante. Su barbilla se elevó en el momento en que tragó saliva. Paolo siguió el movimiento por su garganta observando cómo desaparecía al llegar a la clavícula.

Su piel era tan suave, tersa y cremosa hasta donde dejaba ver el escote de su bata... Paolo tragó saliva asombrado de que nunca hubiera aprovechado la oportunidad de llegar a consumar su matrimonio.

Pero entonces recordó que ella sí había querido. Después de toda la tensión ocasionada por llevar a cabo su plan, haber logrado apartarla de sus padres y finalmente deslizar el anillo en su dedo, ambos habían estado emocionados. Ambos habían logrado burlar a su familia y al heredero de un estado árabe independiente. Habían frustrado el intento de Richard Grainger de vender su hija al mejor postor y se habían salido con la suya.

Después de repartir copias de la evidencia fotográfica de la celebración del matrimonio y el libro de familia, lo habían celebrado al más puro estilo estudiantil en la habitación de un amigo con una botella de champán barato felicitándose a sí mismos por lo listos que habían sido, riendo y bailando durante toda la noche.

Tras todo eso ella lo besó y le sugirió que se fueran a la cama juntos. Entonces fue cuando todo se volvió mucho más complicado.

Paolo podría haberle hecho el amor aquella noche fácilmente. Muy fácilmente. Pero él no había querido aprovecharse de ella mientras estaba emocionada por el éxito de su plan y achispada por el champán barato. No había querido que pensara que esperaba sexo como recompensa. Paolo recordaba cómo intentó explicárselo para no hacer un drama de ello, pero ella no volvió a intentar tener contacto físico con él así que, sin duda, debería haberse sentido aliviada de que él no hubiera aceptado su oferta.

Helene estaba segura de que él tampoco lo había olvidado. Podía ver cómo en sus ojos color chocolate las escenas se sucedían mientras Paolo recordaba todo aquello. ¡Qué idiota había sido entonces y qué estúpida estaba siendo ahora al recordárselo! Ya había sido una experiencia lo suficientemente humillante para que Paolo la recordara ahora toda la vergüenza que, en su día, ella había pasado.

Paolo de repente agitó la cabeza como si tratara de deshacerse de aquellas imágenes.

—En términos legales realmente no tiene importancia. Es un error generalizado, pero el hecho de que no se haya consumado el matrimonio no es relevante para obtener la nulidad.

«¿No era relevante?»

Helene pensaba que él la había rechazado aquella noche porque hacer el amor habría dificultado las posibilidades de escapar del matrimonio. Podría haber puesto en peligro su derecho a obtener la nulidad. Pero por lo que Paolo estaba diciendo aquello nunca había sido una opción, lo que quería decir que él la había rechazado porque simplemente no quería hacer el amor con ella.

¡Qué tonta había sido durante todos esos años!

—En nuestro caso, se trata de separación por consentimiento mutuo durante al menos dos años —dijo él interrumpiendo sus pensamientos.

Ella apretó el bolígrafo fuertemente.

«Simplemente firma los papeles», se dijo a sí misma tratando de eliminar la sensación de picor que tenía en los ojos. «Firma los papeles y deja que se marche porque, para empezar, él nunca fue tuyo».

Sin molestarse en leer la letra pequeña, pasó las páginas hasta encontrar la primera marca que señalaba el lugar donde debía firmar.

—¿No vas a leerlo primero?

—Ya he leído bastante. Además, eres abogado. Supongo que sabes lo que estás haciendo.

Algo en su voz le puso en alerta y decidió dar un

paso al frente. Le pareció que sus ojos estaban húmedos. ¿Estaba llorando?

—¿Helene?

—¿Qué?

—Pensé que te alegrabas de que Khaled se hubiera casado al fin.

—Por supuesto que me alegro —dijo firmando en otra de las marcas—. Es una noticia maravillosa. Tú también debes estar encantado.

Paolo se sentó a su lado y le tomó la barbilla con la mano girándole la cara en dirección suya.

—Entonces, ¿por qué lloras?

—Son lágrimas de felicidad. De verdad es una muy buena noticia. Pero, ¿quién es la pobre novia? ¿Es alguien que nosotros conozcamos?

El dolor se arremolinó en sus ojos y la expresión de su rostro se tensó. Al instante, Helene supo que no se trataba de un matrimonio accidental.

—¿Qué sucede? ¿Quién es ella?

Paolo la miró fijamente a los ojos pero no vio nada. Su mirada estaba vacía.

—Khaled prometió vengarse de mí. Me advirtió que algún día me arrebataría alguien muy cercano a mí como yo le había hecho a él. Tal y como tu padre quería que tú pagaras, Khaled tampoco podía dejarme escapar sin hacerlo.

—¡Oh, no! —dijo ella presionando una mano sobre su boca.

—Y lo hizo. Me arrebató a alguien a quien realmente quería tal y como había prometido.

—¿Y se ha casado con ella? —preguntó ella, incrédula.

Paolo sonrió, pero su sonrisa no era de alegría. Era

una simple sonrisa vacía de emociones, una sonrisa que ponía de manifiesto su pérdida.

–Oh, sí. Se ha casado con ella.

–¿Quién es?

–No sé si habrás oído hablar alguna vez de ella. Ella es, o más bien era, una diseñadora de moda para la firma Bacelli de Milán. Se llama Sapphy, Sapphire Clemenger.

Capítulo 2

OH, DIOS mío! No. Paolo... ¡No puede ser Sapphire! Yo pensé que... ¡Oh, Dios mío! Helene se apoyó contra el sofá agitando la cabeza, tratando de asimilar las consecuencias del desastre que ella había ocasionado. Ella era la única responsable de todo. Incapaz de permanecer sentada se levantó para andar por la alfombra, incapaz de parar, incapaz de descansar un momento y recapacitar sobre lo que había hecho.

De repente la visita a medianoche de Paolo, su estado de estrés y los golpes que había dado en la puerta cobraban sentido. Aquél era un hombre roto. Un hombre desposeído. Y ella era la única culpable de todo.

—¡Todo es culpa mía!

—Helene. No digas eso.

—Pero es cierto. Todo esto es culpa mía. ¿Acaso no lo ves? Si no te hubieras casado conmigo nada de esto habría pasado.

—¿Y cuál era la alternativa? ¿Casarte con Khaled? Eso nunca fue una alternativa y tú lo sabes.

—Pero mira todo lo que ha pasado por no hacerlo. Ha sido como una mano negra acechándonos en la sombra durante doce años. Y ahora mira lo que ha hecho con tu vida y con la de Sapphire. Es un precio demasiado alto. Nunca debí haberte pedido que me hicieras ese favor. No tenía derecho a hacerlo. Lo siento, Paolo. Lo siento mucho.

Entonces fue cuando empezó a sollozar y ya no pudo continuar hablando. Paolo la estrechó contra sus brazos para consolarla.

–Déjalo salir –le dijo él suavemente–. Deja que salga todo.

Helene no tenía otra opción. No tenía más energía con la que poder luchar. Todo estaba saliendo a la superficie, un torrente de emociones que habían estado escondidas todo ese tiempo dentro de ella.

Una vez más recordó lo impactada que se sintió ante la crueldad de su padre cuando la informó de su decisión de concertar su matrimonio. Se sintió desesperada cuando su madre ignoraba sus súplicas de ayuda y volvió a experimentar el miedo que le hizo buscar una solución que pudiera salvarla de su destino.

Y ahora lloraba por Paolo y por la vida que él debería haber tenido y que ya se le negaba para siempre.

Su respiración era ya casi normal cuando se dio cuenta de que Paolo la estrechaba entre sus brazos descansando la barbilla sobre su cabeza. Él estaba meciéndola y aquello le hacía sentirse bien. Muy bien.

Su camisa estaba húmeda bajo su rostro, pero estaba muy lejos de resultar incómodo. Por el contrario, el latido de su corazón y el cálido olor a almizcle de su piel le hacían desear hundir el rostro más dentro de él. Podía saborearlo a través de su aliento. Podía sentir cómo le transmitía fuerza y calmaba su respiración irregular.

Aun así sabía que aquél no era su lugar. Sabía que no pertenecía a los brazos de Paolo. Necesitaba firmar los papeles y dejarle que se marchara para que pudiera continuar con su vida. De mala gana levantó el rostro de su pecho. Posó la mirada en su camisa y se pasó una mano por las mejillas para tratar de eliminar las lágrimas, pero la humedad de sus ojos hacían que sus pestañas estuvieran brillantes y espesas.

–Vaya, Paolo. Lo lamento todo tanto.

–Ya está bien de pedir disculpas.

–Pero Paolo...

–Ya está bien.

Paolo puso un dedo sobre sus labios para hacerla callar a medida que bajaba la mirada y sentía cómo el calor se apoderaba de ambos.

Era contagioso. El calor se acumulaba en los puntos en los que ambos tenían contacto. Helene sentía sus pechos turgentes y los pezones erectos aunque estaban presionados contra el pecho de él.

Algo había cambiado. Ahora no sólo estaba estrechándola y meciéndola para consolarla. Él era un hombre. Un hombre cuyo cuerpo estaba dando señales inconfundibles de excitación sexual.

El corazón pareció parársele. ¿O quizá se había quedado sin respiración? De cualquier forma era como si ambos estuvieran esperando una señal para que algo sucediera.

Y entonces fue cuando la boca de él se posó sobre la suya y Helene no necesitó respirar ni pensar en nada más. Tenía todo lo que quería y mucho más en aquel beso. Suave y dulcemente sus labios acariciaban los suyos de forma que su cálido roce le servía de ungüento para sus heridas.

Helene dejó de apretar los puños contra su camisa a medida que su cuerpo se relajaba y sus dedos deambulaban por el tejido de su camisa explorando, aprendiendo, sintiendo la firmeza de la musculatura que se ocultaba debajo.

Como respuesta Paolo la besó con mayor intensidad pidiéndole más y tomando más de ella. Mucho más. El sabor de él la colmaba, la excitaba hasta casi perder el control.

¿Por qué estaba aquí después de todo este tiempo? ¿Por qué había venido? Realmente no le importaba. Lo único que le importaba era cómo el suave aliento de Paolo se deslizaba por sus mejillas y se mezclaba con la esencia de sus besos y su deseo.

El calor seguía el curso de sus manos traspasando la fina seda de su bata. Los labios de Paolo ahora estaban en su garganta haciéndole sentir nuevas emociones. Se sentía ávida de deseo por él.

Su mano retiró uno de los laterales de su bata y su boca siguió el movimiento del tejido besándola desde la clavícula hasta el hombro. Ella se estremeció contra él mientras cada parte de su cuerpo ardía en deseos por ser la próxima por estar bajo la presión de su ardiente boca.

Entonces fue cuando sus labios se posaron sobre sus senos y su lengua empezó a lamer sus pezones. Helene empezó a sentir una gran urgencia en su interior. Sentía un cosquilleo por todo su ser y la humedad se apoderaba de ella mientras sentía cómo su cuerpo se abría para él.

Paolo retiró los labios de su pecho para fijar la mirada en la de ella. Sus ojos negros estaban llenos de pasión. Pasión y deseo. Helene temía apartar la mirada para no perderse nada pero, si la mantenía, también temía que él pudiera ver en sus ojos demasiadas cosas sobre ella.

Viera lo que viera, los ojos de él le estaban mostrando lo que quería en ese momento. Paolo deshizo el nudo del cinturón de su bata de seda. Ella tomó aire mientras el nudo caía y ambos lados de la bata se separaban lentamente.

–*Perfezione* –dijo él volviendo a su lengua materna dando un suspiro que sonó casi como si la estuviera adorando.

Y entonces las cosas se aceleraron. Paolo la tomó entre sus brazos quitándole la bata que colgaba de sus hombros. La bata cayó tras ella, pero no tuvo tiempo de lamentarlo, no con los labios de Paolo sobre los suyos, sus manos explorando cada curva de su cuerpo y su erección presionando de forma imperativa entre ambos.

Ella se acercó aún más a él forzándole a sentir sus caderas más cerca. Las manos de él acariciaron su trasero hasta llegar al elástico de sus medias y sentir carne fresca. Ella dio un grito ahogado intentado obtener aire, pero el oxígeno se consumía en el fuego de su pasión. A cada bocanada de aire las llamas ardían más y más fuerte y su deseo era más grande.

El deseo por tocar su piel.

El deseo de sentir su piel contra la suya.

El deseo de sentirlo dentro de ella.

El fuego los estaba consumiendo. Y ella quería que la consumiera. Helene lo quería, lo quería dentro de ella. Quería que sofocara aquel desesperado y creciente dolor.

Frenéticamente empezó a desabrocharle los botones de la camisa en su ansia por llegar a su cuerpo mientras Paolo continuaba besándole los pechos. Helene consiguió desabrochar por completo la camisa y sus manos se deleitaron en el sedoso tacto de su piel, los definidos músculos de su torso, el mullido vello de su torso y sus pezones.

Siguió deslizando las manos por su abdomen hasta llegar a la cinturilla de sus pantalones e incluso más abajo.

–Ten piedad –le dijo él con voz tensa–. Hace mucho tiempo que no...

Tenía que estar bromeando. O al menos eso era lo que le parecía. Ella sólo había tenido dos novios en doce años. Dos relaciones insatisfactorias que la habían hecho creer que tenía algún tipo de problema. Y quizá lo tuviera. Ciertamente ningún hombre le había hecho sentir ni la mínima parte de lo que estaba sintiendo ahora. Nadie había llegado tan lejos como él ni la había excitado tanto. Ahora Helene ni siquiera recordaba sus nombres.

¿Y quería piedad?

Helene deslizó la mano dentro de sus pantalones y agarró la erecta prueba de su deseo.

–Ni lo sueñes –le susurró ella.

Permaneció quieto durante un momento en el que ella pensó que había llegado demasiado lejos. Nunca había osado ser tan atrevida ya que nunca se había sentido tan motivada, tan excitada.

Y entonces él gimió. Dejó escapar un sonido gutural como advertencia de todas las cosas que estaban por venir.

Paolo volvió a estrecharla entre sus brazos y la condujo hasta el dormitorio. Con un respeto reverencial la tumbó en la cama y al instante se quitó la ropa y los zapatos.

Sus ojos la devoraban.

–Eres preciosa, *bella donna* –dijo él tumbándose a su lado.

Entonces Paolo volvió a besarla.

Su boca le hacía sentir magia sobre su piel. Parecía ser arte de brujería y ella se sentía totalmente embrujada. Todo lo que ella podía hacer era aferrarse a él mientras sus manos seguían explorando su cuerpo.

Allá donde tocara sentía cómo el fuego se apoderaba de ella, pero en ningún sitio ese fuego la quemó tanto como cuando sus dedos se entretuvieron en su pubis.

Helene intentó contener la respiración a medida que sus dedos continuaban bajando y deslizándose entre las partes más íntimas de su cuerpo con una aparente maestría que la hacía sentir muy bien.

Después Paolo volvió a besarla en la boca y ella se entregó por completo a su feroz arremetida. Entonces oyó cómo él gemía mientras se colocaba encima de ella. Sintió cómo su peso y su insistente erección hacían presión contra sus piernas.

–Te quiero –dijo él con los ojos tan llenos de deseo que Helene casi llegó a creerlo.

Pero en medio del deseo también pudo ver las nubes que reflejaban la superficie de sus pupilas como si estuvieran librando una batalla contra sus propios demonios.

Entonces cayó en la cuenta.

«¡Sapphire! Está pensando en Sapphire. Cree que yo soy la persona con la que él debería estar».

Pero ella ya no podía hacer nada más que intentar ayudarlo a olvidarla. Quizá por un rato podría hacerle olvidar su pérdida.

Helene cerró los ojos mientras sentía cómo él hacía presión contra ella. Su excitación era tan dura y poderosa, pero a la vez tan cálida y tan suave... Sus músculos se tensaron como reacción a su tacto. Él se inclinó hacia delante para beber de su boca y después satisfacer su deseo con una larga estocada que la hizo arquear su espalda. Lentamente él retrocedió sólo para volver a colmarla de nuevo.

Ella seguía sus movimientos inclinando sus caderas para recibirlo y estrecharse contra él y así prolongar el placer. Ambos seguían el ritmo que habían establecido. Ella quería darle placer, hacerle olvidar y recompensarle de alguna forma la pérdida que ella le había causado. Pero al mismo tiempo quería sentir cómo sus sentimientos llegaban hasta lo más alto, hasta poder desbordarla.

Y no había nada más que ella pudiera hacer. Helene se dejó llevar y el placer la hizo estallar en colores de alta definición que parecían fragmentarse en millones de luciérnagas. Él propio clímax de Paolo prolongó su placer de forma que, oleada tras oleada, su cuerpo pareció volver lentamente a la tierra.

Ambos se derrumbaron juntos contra las almohadas respirando agitadamente mientras la dulce esencia de su pasión los rodeaba. Helene debía haberse quedado dormida cuando un sonido, su voz, la despertó.

–¿Has dicho algo? –murmuró ella.

–He dicho que lo siento.

–No tienes por qué lamentarte. Creo que he sido parte consentidora en todo esto.

Él agitó la cabeza que aún reposaba sobre su hombro.

–No he usado protección. Es algo que nunca me había pasado antes.

Sus palabras la devolvieron a la cruda realidad. ¿En qué demonios habían estado pensando?

–¿Hay alguna razón por la que deba preocuparme? Te garantizo que, por mi parte, no corres ningún riesgo.

–No es sólo eso –dijo él–. La última cosa que ambos necesitamos es un bebé, especialmente cuando estamos a punto de divorciarnos.

Naturalmente. El divorcio. Eso era lo único que lo preocupaba. Obviamente después de doce años estaba deseoso por romper los lazos que les unían desde hacía tanto tiempo, no por forjar nuevos lazos de unión.

Después de todo, había venido por eso. Lo que había sucedido hacía un momento no era más que un acto entre dos adultos con consentimiento propio. No era que él significara nada para ella.

—¿Utilizas algún tipo de anticonceptivo?

Ella empezó de decir que sí, pero entonces recordó. Había estado tomando la píldora durante años debido a períodos dolorosos e irregulares. Pero el mes pasado el médico le había recomendado que tomara un descanso. No podía quedarse embarazada. La gente lo intentaba durante meses después de haber dejado la píldora, ¿no es cierto? Además estaba en un punto demasiado adelantado en el ciclo. Esperaba que le viniera el período cualquier día de éstos.

—No tienes por qué preocuparte —le dijo ella con toda seguridad.

Él la estrechó contra él y la besó dulcemente.

El constante ruido de los motores la impedía dormir, pero ella quería dormir. Estaba cansada, dolorida y sin fuerzas, pero sin embargo no dejaba de recordar las escenas de pasión que había compartido la noche anterior con Paolo.

¿Cuántas veces habían hecho el amor la noche anterior? Había perdido la cuenta cuando se quedó dormida.

Afortunadamente, Paolo no se había dado cuenta de que se había marchado. Era mejor así. De todas formas no habría sabido qué decirle. Fue más fácil escribirle una nota. ¿Qué se le dice a alguien con quien acabas de hacer el amor de forma maravillosa durante toda la noche y probablemente nunca vuelvas a ver de nuevo? ¿Feliz divorcio?

Sin duda él también se alegraría de no tener que

preocuparse de presenciar las incómodas escenas de la mañana después. Helene se había asegurado de firmar todos los papeles antes de marcharse para que él no pudiera quejarse de nada. Paolo tendría aquello por lo que había ido y mucho más.

¿Y ella?

Ella suspiró. Le parecía imposible encontrar la manera de ponerse cómoda en el avión. Había sido la mejor noche de su vida. Tenía recuerdos agridulces que permanecerían en su corazón para siempre. Recuerdos de una noche en la que, por unas horas, fue capaz de fingir que su relación con Paolo era algo más que un acuerdo contractual que ahora ya estaba roto.

Y se había roto por su puño y letra. Ella lo había comprobado todo para asegurarse de que no se dejaba sin firmar ni una sola página. No quería causarle más dolor de lo que ya lo había hecho.

Porque Paolo tenía razón. Se había terminado.

Helene se había marchado. Su lado de la cama estaba frío y no había rastro de ella en todo el apartamento. La puerta del dormitorio adjunto estaba abierta, pero la luz estaba apagada. No había ruidos u olores que procedieran de la cocina. Tampoco se oía la radio ni la televisión, sólo el ruido sordo del tráfico del exterior.

Paolo agarró su reloj y vio que era casi mediodía. Había estado durmiendo durante horas. No recordaba haber dormido tan profundamente desde hacía meses.

Pero, ¿dónde estaba ella? Su mente intentaba buscar alguna pista en la conversación que mantuvieron anoche, pero las acciones tenían más fuerza que las palabras y el recuerdo de Helene desnuda entre sus brazos interferían en el proceso. ¿Acaso no había dicho algo acerca de marcharse ese día? Pero, ¿adónde?

No podía haberse marchado sin decirle adiós...

Paolo gritó su nombre esperando que alguien le contestara, pero no fue así. No había ni rastro de ella excepto por la fragancia que aún permanecía entre las sábanas y en la almohada.

También había algo más. Paolo se apoyó en el codo para levantarse. Se dio cuenta de que allí, junto a él y sobre la cama, estaban los documentos. Empezó a hojear las páginas y vio que Helene había firmado todas y cada una de ellas.

Paolo sintió cómo algo dentro de él se partía.

Anoche tuvo la impresión de que ella se había entristecido ante la idea de que su falso matrimonio se rompiera. Ella le había hecho el amor como una diosa, dejándole que la adorara. A cambio, ella le había entregado su dulce cuerpo. Sin embargo, por las acciones que había llevado a cabo esa mañana, Helene parecía ser otra mujer distinta de la que había conocido anoche. Dejarle de esa manera después de lo que habían compartido... Paolo no podía dar crédito por ser tan fría y calculadora.

Los papeles podrían haber esperado. En realidad no había ninguna prisa, no desde su punto de vista. No le habría importado que firmara los papeles a su regreso. Habría tenido más tiempo para leerlos y asegurarse de que el acuerdo era tal y como habían acordado hace años.

Pero ella no había perdido el tiempo. Había firmado los documentos y los había dejado en un lugar que dejaba bien clara su intención.

Ella no podía esperar más para librarse de él.

Paolo se levantó de la cama volviendo la vista hacia

un pedazo de papel que había caído al suelo. Se agachó para recogerlo con entusiasmo. Así que, después de todo, le había dejado una nota. Quizá era un número de teléfono donde poder contactar con ella. Al fin y al cabo, no había razón por la que no pudieran permanecer siendo amigos.

Al empezar a leer el contenido de la nota Paolo sintió cómo se enojaba por lo que el mensaje no decía más que por lo que decía.

Paolo,
Estás en tu casa. Márchate cuando quieras, pero la asistenta viene a la una.

Helene.

¿Eso era todo? Paolo se quedó sin aliento. No quería que él supiera dónde estaba. Obviamente no quería que se pusiera en contacto con ella. Y tampoco quería que la asistenta lo encontrara allí cuando fuera.

Estrujó la nota y la arrojó hacia una esquina del dormitorio.

«A ver si la asistenta la encuentra»

Al rato, Paolo se marchó de allí.

Capítulo 3

EL GINECÓLOGO tenía unos ojos tan compasivos que Helene se sintió mucho más cómoda con él de lo que había esperado. Era mayor que su médico de París. Tendría unos sesenta años aproximadamente. Tenía la piel rojiza en algunos puntos y sus carrillos habían empezado a descolgarse, pero sus ojos azules eran los más gentiles y tranquilizadores que ella jamás había visto.

Mientras se vestía él la esperó en su despacho. Al salir y reunirse de nuevo con él, Helene pensó por qué demonios no había concertado una cita antes con algún médico. Había estado aguantando aquella situación durante los tres meses que había durado su traslado a la oficina de Nueva York pero, dentro de un par de semanas, estaría ya de vuelta en París. Ya no podía soportarlo por más tiempo. Además, ahora estaba empezando a afectar a su trabajo.

Cuanto antes obtuviera una receta para volver a tomar la píldora, antes volvería a la normalidad. Ya había tenido que faltar en un par de ocasiones a trabajar y había estado a punto de causar baja debido a los dolores y al malestar general. Y aquello era demasiado para alguien que nunca había faltado al trabajo a no ser por alguna que otra visita excepcional al dentista. Ya estaba harta de tanta molestia y de períodos irregulares.

El doctor sacó sus gafas del cajón de su escritorio y se las puso para leer sus notas.

–Señorita Grainger. ¿Cuándo debe regresar a Francia?

–Dentro de dos semanas. No va a decirme que debo esperar hasta llegar a casa para que alguien me dé una receta, ¿verdad?

–No. Pero dado que tenemos poco tiempo creo que vamos a hacerle un par de pruebas antes de que regrese a casa.

–¿Por qué? ¿Es que algo va mal?

–Nada serio. Pero creo que por su propia salud mental es mejor que realicemos esas pruebas cuanto antes.

–No entiendo...

El doctor le sonrió.

–Señorita Grainger –continuó él–. No sé cuál es su situación personal así que no sé si ésta puede ser una buena o una mala noticia. ¿Ha considerado la posibilidad de que pueda estar embarazada?

De alguna manera fue capaz de llegar a su apartamento. Debía haber caminado con el piloto automático encendido porque su mente estaba demasiado ocupada en cuestiones mucho más trascendentales.

«Estaba embarazada».

No era posible. Y así quiso discutirlo con el doctor, pero con tan sólo el primer test, una muestra de orina que le había entregado a la enfermera, los resultados habían confirmado lo que el ginecólogo había supuesto durante la exploración.

Iba a tener un bebé, un hijo. Helene posó una mano sobre su vientre con asombro. Bajo su mano, en algún lugar, había un pequeño bebé creciendo. En seis meses más, aproximadamente, aquel bebé sería suyo para poder abrazarlo.

Había demasiadas cosas que asimilar. Todo había sucedido tan de repente que le costaba admitirlo. Después de todo, ella había seguido teniendo el período. Sin embargo, tenía que admitir que de forma irregular y para nada normal. Pero aquello no tenía nada que ver con lo que había imaginado. Su doctor le había advertido que después de dejar la píldora le llevaría tiempo volver a tener ciclos regulares. Ella se quejó por su propia imprudencia. Debería haber supuesto que su doctor también se refería a la ovulación.

Y además le había dicho a Paolo que no tenía por qué preocuparse. Que estaba segura.

Dando un grito de desesperación se llevó las manos a la cara.

Las cosas no podrían irle peor.

No sólo estaba embarazada. ¡Iba a tener un hijo de Paolo!

Él se pondría furioso. Sus palabras le vinieron a la mente con total claridad.

«La última cosa que ambos necesitamos es un bebé, especialmente cuando estamos a punto de divorciarnos».

Pero la última cosa que ambos necesitaban había sucedido. La misma noche en que quisieron poner fin al único lazo que les unía, habían creado un nuevo lazo de unión que les mantendría juntos para siempre.

Helene trató de reírse en voz alta por lo irónico del asunto, pero el único sonido que pudo producir fue falso y frágil porque lo único que quería hacer realmente era echarse a llorar.

Todo era un desastre. Un horrible desastre del que

no había salida. Y si no era suficiente malo el tener que asimilar todo aquello ella misma, aún peor era tener que decírselo a Paolo.

Porque tenía que decírselo. A pesar de la reacción que sabía que tendría, debía saber que iba a ser padre y que ella, la mujer de la que acababa de divorciarse, iba a tener a su hijo.

Se pondría en contacto con su bufete de abogados para poder localizarlo y encontrar una manera de contárselo.

Asumiendo que todo fuera bien.

Rebuscó en su bolso la tarjeta con la cita para la ecografía del día siguiente, reflexionando sobre las palabras del doctor. Descartando el examen de rutina y la confirmación de fechas, se centró en lo que él tan sólo había insinuado, que la ecografía mostraría si sus pérdidas de sangre habían causado algún problema que pudiera poner en peligro la vida del bebé o ya lo hubiera hecho.

Sólo era un día más. No había necesidad de ponerse en contacto con Paolo hasta entonces. No si había alguna posibilidad de que...

Con un repentino ataque de culpabilidad se dejó caer sobre una silla. Necesitaba mantenerse ocupada. Así no pensaría sobre esa posibilidad. No le importaba que acabara de descubrir que estaba embarazada. No le importaba que tuviera que contárselo a Paolo aunque fuera la cosa más difícil que nunca hubiera hecho. Encontraría una forma de hacerlo. Ahora lo único que le importaba era la salud de su bebé. No pensaría en las otras opciones. Quería tener ese bebé. Ya no podría hacerse a la idea de perderlo. Quizá era una madre primeriza, pero sabía que ese bebé necesitaba de su protección para mantenerse a salvo. También sabía que ese bebé necesitaba amor. Ella no lo abandonaría como sus padres habían hecho con ella. Ese bebé sería deseado y querido.

Helene agradeció que en el trabajo le dejaran tomarse el día libre. La ecografía iba a ser un proceso duro y no quería volver después al trabajo y presentarse ante sus compañeros como si nada hubiera pasado. Aún tenía que hacerse a la idea de que estaba embarazada.

Desde sus ventanas se veía Central Park. Podía ver que hacía un día espléndido y el movimiento de las ramas de los árboles señalaba que soplaba una ligera brisa primaveral. Helene se puso una chaqueta sobre su vestido de lino tratando de ignorar el malestar que le causaba tener que retener más de un litro de agua en su vejiga. Empujó la puerta para salir.

—¡Paolo!

—Tenemos que dejar de vernos así –dijo él haciendo una mueca aunque sus fríos ojos le sonreían.

—¿Qué estás haciendo aquí? ¿Cómo me has encontrado?

Paolo arqueó las cejas.

—¡Cuánto me alegro de verte! ¿Es que no vas a invitarme a entrar?

—¿Cómo has podido pasar por el control de seguridad?

—¿Por qué no has ido a trabajar? –respondió él ignorando sus preguntas. Sin esperar su invitación, Paolo entró en su apartamento–. Me han dicho que estabas enferma, pero no lo pareces. ¿Por qué faltas al trabajo en un día tan bonito como hoy? A menos que vayas a reunirte con alguien... ¿Es eso? ¿Hay algún hombre esperándote?

Helene permanecía en la puerta, impactada por su repentina aparición. Estaba a punto de estallar por el resentimiento.

–No recuerdo haberte invitado a pasar.

–¿Hay un hombre? ¿Es por eso por lo que vas a salir?

–Basta ya, Paolo. Esto es una locura. ¿Qué estás haciendo aquí? ¿Acaso se me olvidó firmar en algún sitio?

–Oh, no. Firmaste todo perfectamente.

Helene estaba confusa. Si no había echado a perder su oportunidad de un divorcio rápido, ¿por qué volvía a aparecer ahora? ¿Por qué parecía tan triste? Si ya tenía lo que quería, ¿por qué sus palabras sonaban tan condenatorias y críticas?

–Entonces, ¿por qué has venido?

–¿Por qué no me dijiste que venías a Nueva York? Helene estaba empezando a ponerse furiosa.

–No me lo preguntaste.

–Te marchaste sin decirme una palabra...

–¡Te dejé una nota!

–¡Que no decía nada!

–¿Qué esperabas que te dijera? ¿Feliz divorcio?

Helene tomó aire y se puso una mano en la frente aunque el malestar que sentía procedía de otra parte más baja de su cuerpo. Si no se calmaba no sólo sería su presión sanguínea lo que estallaría.

–¿Qué sucede, Paolo?

Él dio un paso hacia ella.

–He venido a verte. Averigüé dónde estabas trabajando y decidí ir a buscarte como en los viejos tiempos. No pensé que estuvieras tan ocupada.

Ella miró su reloj, ansiosa por marcharse.

–¿Llegas tarde a tu cita?

–Sí. Llego tarde. Tengo que irme.

–¿Y esperas que te deje marchar?

–Pues mira, no. Tengo una idea mejor. Creo que será mejor que me acompañes.

Inmediatamente Paolo frunció el ceño.

–¿Por qué? ¿Adónde vas?

–¿Acaso no lo sabes? Con lo seguro que parecías estar hace un instante. No es que sea asunto tuyo pero, de hecho, voy a reunirme con un hombre. Creo que deberías venir conmigo y conocerlo también. Sólo que no te alteres si me pide que me quite la ropa.

–¿De qué estás hablando? Dime.

–Voy a hacerme una ecografía.

–¿Para qué? ¿Qué te sucede?

Incluso cuando no dejaba de lanzarle preguntas, estaba claro que los engranajes de su mente estaban girando a marchas forzadas intentando buscar respuestas. Helene presenció cómo su rostro cambiaba de expresión pasando por estados de confusión, incertidumbre, incredulidad...

–Pero eso significa que...

Y de repente Helene pudo ver en sus ojos que había llegado a la conclusión. Fue un precioso instante en que el remolino de pensamientos se cristalizó en su mente. Y entonces, lo supo.

Ella asintió.

–Felicidades. Significa exactamente eso.

–¡Estás embarazada!

La confianza de Helene se evaporaba mientras observaba cómo se alejaba de ella. No podía culparlo por el tono acusatorio de su reacción. Después de todo, ella había sido la que le había dicho que estaba segura.

–Eso parece. La ecografía confirmará que todo progresa adecuadamente.

Él no se movió y las molestias que sentía bajo el vientre la hicieron ponerse en acción.

–Mira, sé que es difícil asimilarlo, pero realmente tengo que acudir a esa cita.

Estaba embarazada. Paolo trató de ignorar los sueños que le habían perseguido desde aquella noche en París. Pensaba que podría olvidarlos, pensaba que los recuerdos se esfumarían y morirían a la luz de su partida. Pero algo le había sucedido aquella noche que no permitiría que los recuerdos se borraran. Por el contrario, le habían provocado y se habían vuelto más intensos y exigentes a medida que habían pasado las semanas.

Finalmente, gracias al comentario de un colega sobre la sede del Instituto Internacional de la Mujer en Nueva York supo, instintivamente, que debía ser allí donde ella había ido. Todo este tiempo habían estado viviendo en la misma cuidad, pero él no tenía ni idea.

Entonces la idea de estar tan cerca había hecho que sus sueños alcanzaran nuevas cotas y que su necesidad por ella aumentara imperiosamente. Así que, ¿por qué luchar contra ello? ¿Por qué no podían verse otra vez? No había ninguna regla que lo impidiera.

Y ahora que por fin había logrado dar con ella, era demasiado tarde.

Ya había sido bastante duro pensar que iba a reunirse con otro hombre. En todas esas semanas en las que no la había visto, había tenido que contener las ganas de poseerla, de hacerla que se quitara la ropa... Pero nunca la había imaginado en los brazos y en la cama de otro hombre. Pensar que podía cambiar de amante tan rápido le había golpeado como una patada en el estómago.

Pero aún era peor.

Estaba embarazada. Iba a tener el hijo de otro. Ahora se la imaginaba con ese bebé, quizá una niña pequeña tirando de la falda de su madre. Una niña pequeña de pelo ondulado y ojos verdosos como los de su madre.

Aquel concepto le había dejado un mal sabor de boca. Parecía que, después de todo, Helene no había estado perdiendo el tiempo en Nueva York.

–¿Paolo? Llego tarde a mi cita.

Mientras caminaba hacia el pasillo, se giró dejando escapar un suspiro que lo dijo todo.

–Entonces no te entretengo más. Me marcho.

Pasó por delante de los ascensores y se dirigió hacia la escalera. No estaba de humor para tener que esperar nada.

–¿Paolo?

El sonido de su nombre se escuchó levemente por todo el pasillo. Él se detuvo, apoyando la mano en la barandilla de la escalera. Paolo miró por encima de su hombro para ver a Helene aún en la puerta tal y como lo estaba cuando la había abierto salvo por sus facciones, que ahora la hacían parecer más desconcertada que perpleja.

–¿Sí? –le preguntó a ella.

–¿No vienes conmigo?

«¿Ir con ella?»

Tenía que estar bromeando. ¿Acaso no había formado ya parte de su juego?

–¿Por qué debería? ¿Para que pueda ver cómo te quitas la ropa delante de otro hombre?

–Como quieras. A mí me da igual –dijo ella en un tono que dejaba realmente claro lo que decía–. Simplemente pensé que, ya que estás aquí, te gustaría acompañarme.

Paolo sintió cómo sus ojos se entrecerraban mientras su mano agarraba con fuerza el pomo de la puerta de la salida de emergencia. Debería marcharse ahora, dejar a Helene, sus líos y todas las fantasías que se había hecho por recuperar a la mujer que no lograba olvidar. Pero algo más estaba sucediendo allí, algo inquietante y perturbador que hacía crepitar el aire entre ambos. No podía marcharse. Aún no.

–Dame una buena razón por la que debiera hacerlo –dijo él incapaz de mantenerse en silencio por más tiempo.

Ella lo miró durante unos cuantos segundos sin contestar. Sus ojos verdes parecían demasiado grandes para aquel perfecto rostro.

–Porque es tu hijo, Paolo. Tú eres el padre de mi bebé.

Capítulo 4

LAS PUERTAS del ascensor se abrieron ante ellos dejando escapar el sonido de la conversación alegre de una madre y una hija cargadas de bolsas. Helene permanecía de pie junto a su puerta. Paolo, con expresión seria, estaba tentado de marcharse por las escaleras. Sin embargo, cuando ambas mujeres salieron al pasillo, Paolo cruzó el umbral de la puerta del apartamento de Helene y ambos se metieron dentro.

—¿Qué quieres decir? —preguntó él con tono brusco y maneras agresivas.

Ella le apartó las manos de sus hombros.

—¿Qué es lo que no entiendes? Voy a tener un hijo tuyo.

—¡Estás mintiendo!

—¿Cómo? Perdona, pero creo que estoy en mejor posición que tú para saber quién es el padre de mi hijo.

—¿Cómo puedes estar segura de que es mío?

—Hicimos el amor, Paolo. Creo que es un indicio razonable que puede tener como resultado la concepción.

—Eso no responde mi pregunta. ¿Cómo sé que soy el único?

Helene se puso aún más furiosa.

—¿Qué estás insinuando? ¿Que me acuesto con cualquiera? ¿Qué clase de mujer piensas que soy?

–Basándome en la poca experiencia que tengo contigo, ¿qué esperas que crea?

–Es tu hijo, Paolo. Será mejor que te hagas a la idea porque es la verdad.

–¿Y nunca se te ocurrió venir a contarme la verdad hasta que yo me he dejado caer por aquí? ¡Qué bien te ha venido! ¿Cuál es el problema? ¿Estás tan desesperada por endosarle este bebé a alguien que has elegido al primer tipo que cruza tu puerta?

–¡No! No es eso. Éste es tu bebé. ¡Tuyo!

–Entonces, ¿cuándo ibas a decírmelo? Hace casi tres meses que pasamos la noche juntos. ¿Cuándo se supone que ibas a hacerme partícipe de tu gran secreto? ¿O es que ibas a mantenerlo en secreto para dejarme al margen?

–¿Por qué iba a hacer eso?

–Porque después de aquella noche en París no podías esperar a deshacerte de mí. Te escabulliste sin dejarme una dirección o un número de teléfono. No querías volverme a ver y si este bebé es mío, no creo que la cosa cambie mucho.

Ella agitó la cabeza.

–No. Acabo de enterarme. No tenía idea de que estaba embarazada hasta ayer por la tarde. Iba de decírtelo de todas formas, pero después de que me hicieran la ecografía.

–¿Esperas que me crea eso?

–Es la verdad. Puedes creerla o no.

Paolo se dirigió hacia el ventanal pasándose la mano por el pelo.

–No entiendo cómo puede haber sucedido –dijo él–. Me dijiste que estabas protegida.

–Lo sé –dijo ella con voz entrecortada–. Pensé que lo estaba.

–¡Pensabas que lo estabas!

–Oye, ni siquiera te molestaste en preguntarme hasta después de haber hecho el amor la primera vez. ¡Y tampoco te vi sacar preservativos!

–¡Porque me dijiste que estabas protegida!

–Pues lo siento. Cometí un error.

–¡Un error garrafal!

–Y tienes toda la razón. Pero estoy empezando a pensar que ése no fue mi único error aquella noche.

Agarró su bolso y se lo puso en el hombro.

–Ahora si me perdonas, tengo que marcharme.

Ella pasó por su lado, pero Paolo la sujetó del antebrazo.

–No tan deprisa –él la miraba fijamente con unos ojos implacables como el granito–. Si es mi hijo...

–¡Es tu hijo! No hay duda de ello. Sólo puedo rezar para que no se parezca a ti.

Él parpadeó ante aquel comentario. La expresión de su cara poco a poco se volvió tensa.

–Entonces voy contigo.

–Sabes –dijo ella–. Pensé que estaba haciendo lo correcto, pero creo que hubiera sido mejor no habértelo dicho. Ojalá te hubiera dejado marchar por las escaleras. Habrías salido de mi vida como querías, pensando que me había estado acostando con otros hombres. Ahora mismo, no quiero tener nada que ver contigo. Y no me apetece nada que vengas conmigo.

–Demasiado tarde –dijo él dirigiéndose hacia el ascensor–. Si quieres poner mi vida patas arriba con noticias como ésta, tendrás que aceptar que me involucre.

Cuando llegaron al vestíbulo, el portero se cuadró enseguida al verlos.

–Winston –le ordenó Paolo antes de que ella tuviera

oportunidad de abrir la boca–. Necesitamos un taxi. La señorita Grainger tiene la dirección.

–Sí, señor Mancini. Es un placer ayudarlo.

Helene no tuvo tiempo de preguntarle qué estaba pasando. En tan sólo unos segundos Winston había parado un taxi en la acera.

–Todo un placer, señor Mancini, señorita Grainger. Cuide bien de mi nieto. Algún día será uno de los mejores abogados.

–Lo sé –dijo Paolo–. Es uno de nuestros más prometedores fichajes.

Una vez en el taxi Paolo por fin la soltó del brazo.

–Ya me imagino cómo pudiste pasar el control de seguridad.

–Había que encontrar una forma.

De alguna manera Helene no lo dudaba. Era la segunda vez que lograba traspasar el control de seguridad para llegar a su puerta. ¿Qué podría hacer si realmente lo quisiera fuera de su vida?

Paolo permaneció en silencio durante todo el trayecto mientras ella seguía sentada a su lado. Su mayor problema hacía una hora era llegar a la clínica con la vejiga intacta, pero ahora eso era una minucia comparado con las preocupaciones que Paolo le causaba. ¿Qué era lo que él esperaba? ¿Qué le exigiría? Ya era bastante difícil hacerse a la idea de que iba a tener un hijo para, además, complicarse por lo que él pensara sobre el asunto.

Paolo quería tener familia, eso lo sabía. Pero eso no significaba que quisiera tener un hijo ilegítimo con la mujer de la que se acababa de divorciar.

–No es necesario que vengas conmigo –dijo ella al salir del taxi–. ¿Por qué no me esperas aquí?

–De ninguna manera –dijo él tomándola del brazo de nuevo–. Voy contigo.

–Te haré saber los resultados –insistió ella.

–Quiero escucharlos de primera mano. Además tengo un par de preguntas que quisiera hacer yo mismo.

Helene gruñó en su interior segura de que la primera pregunta estaría relacionada con saber si él era o no el padre. ¿Por qué demonios le había pedido que fuera con ella? No quería que la primera imagen de su bebé se viera ensombrecida por la presencia de alguien dispuesto a convertir la prueba en un campo de batalla, fuera el padre o no.

Él la arrastró del brazo para conducirla hasta la entrada principal y algo dentro de ella pareció quebrarse. Helene pegó un tirón con su brazo para soltarse de él.

–No tienes por qué llevarme a rastras. Puedo caminar yo sola.

Paolo no dijo nada, simplemente se giró y continuó caminando hacia la entrada. Ella lo siguió más despacio utilizando el pasamanos para apoyarse. Ya no quedaba mucho tiempo para que se pudiera librar de aquella fastidiosa carga.

Helene llegó a la puerta y se encontró con que Paolo la estaba esperando.

–¿Qué te pasa? ¿Algo va mal?–le preguntó él–. Tienes cara de dolor.

–¡Me duele!

–¿Por qué? ¿Qué te pasa? ¿Necesitas un doctor?

Ella continuó caminando, deseando que se apartara de su camino para poder entrar.

–Después de contener un litro de agua durante más de una hora no es exactamente un médico lo que necesito –dijo ella pasando por su lado tratando, sin éxito, de no inhalar la fragancia de su colonia y su esencia masculina–. Así que si me perdonas.

Él no la dejó registrarse. Por el contrario, empezó a dar órdenes a los enfermeros para que atendieran a Helene. La silla de ruedas fue el colmo.

–¡No necesito una silla de ruedas! –dijo en voz alta para que todo el mundo pudiera oírla. Pero todo el mundo estaba muy ocupado intentado cumplir las órdenes de Paolo.

Se la llevaron a una cabina para que se pusiera una bata antes de que el radiógrafo la fuera a buscar. Paolo intentó seguirlos.

–Me temo que no –le dijo el radiógrafo–. Le dejaremos pasar en cuanto sepamos que todo va bien.

–¿Qué quiere decir? –preguntó Paolo–. ¿Por qué no debería ir todo bien?

–Es algo rutinario. No hay por qué preocuparse.

–¿Pero qué es lo que podría ir mal?

Helene tomó aire.

–He tenido pérdidas de sangre. El doctor piensa que no es un problema, pero es necesario confirmar primero que el embarazo progresa adecuadamente.

–Eso es –afirmó en radiógrafo–. Y en cuanto lo sepamos le haremos pasar para que vea las imágenes. Ahora, por favor, excúsenos.

Paolo retrocedió. Su rostro mostraba claramente el resentimiento de ser excluido de algo de lo que él se consideraba mucho más partícipe que un hombre que manejaba una máquina.

–¿Es el primer hijo? –preguntó el radiógrafo intentado entablar conversación mientras ella se acomodaba en la camilla–. El papá parece estar un poco tenso.

–Tiene un montón de cosas en la cabeza –respondió ella sin comprometerse.

Diez minutos después el radiógrafo abrió la puerta. Paolo entró en la habitación como un toro bravo, fuerte y furioso listo para enfrentarse a cualquiera que quisiera retarlo.

–¿Hay buenas noticias?

El radiógrafo retrocedió para volver a su sitio y mover el monitor hacia ellos.

–Véalo usted mismo.

Puso el sensor sobre el abdomen de ella y lo deslizó por su piel.

Se suponía que Paolo debía estar mirando al monitor pero, de alguna manera, el pensar que alguien estaba tocando la piel de Helene, aunque fuera indirectamente, le hacía hervir la sangre. Había algo en su piel, algo viscoso que permitía que el instrumento se deslizara por la superficie dándole un brillo satinado a su cremosa piel. El estómago se le encogió mientras lo recordaba. Él había sentido esa piel contra la suya, había saboreado cada milímetro de su ser y desde entonces, desde aquella noche no había pensado en otra cosa.

Y la quería ahora. Aunque posiblemente estuviera embarazada de su hijo.

–Aquí está su bebé.

Las palabras del radiógrafo hicieron que pusiera atención a la imagen del monitor. Sintió cómo su mirada se enfocaba. Era increíble. Se veía claramente cómo yacía tumbado con las piernas cruzadas y una mano apoyada en la mejilla. Y posiblemente...

–Es increíble –dijo Helene.

–¿Cuántas semanas tiene? –preguntó Paolo aguantando la respiración.

–Bueno –dijo el radiógrafo ajeno a la atmósfera que se respiraba en la habitación–. Las mediciones nos darán unas fechas más exactas, pero me atrevería a decir que este pequeñín tiene alrededor de unas doce semanas. ¿Les coinciden las fechas?

–Así es.

Paolo vio cómo Helene pronunciaba aquellas palabras, pero lo único que oía era la presión de la ráfaga de sangre que inundaba todos sus sentidos.

Era su hijo. Tenía que serlo. Aquella pequeña criatura de piernas transparentes, pequeñas manos y pies y ojos borrosos era su hijo.

–¿Qué es eso? –preguntó él señalando a una forma parpadeante en el monitor.

El radiógrafo comprobó lo que Paolo estaba señalando.

–Ah, ése es el corazón del bebé.

–*Dio!* –dijo asombrado.

El corazón de su hijo. Un corazón que ya latía con vida. Era demasiado para poder asimilarlo.

–Señor Grainger, ¿le gustaría llevarse a casa una fotografía del bebé?

–Oh, no –dijo Helene–. No estamos casa...

–Lo que mi mujer quiere decir –dijo Paolo cortándola y tomándole las manos afectuosamente–, es que mantuvo el nombre de soltera después de que nos casáramos. Mi apellido es Mancini. ¿No es así, cariño?

–¿Qué es lo que quisiste decir allí? –le preguntó Helene una vez que hubieron regresado al apartamento–. ¿Por qué fingir que somos marido y mujer?

–No estoy fingiendo –dijo él–. Llevamos casados años.

–Pero, ¿y el divorcio? Firmé los papeles hace meses. Ya debería estar resuelto.

–Debería estarlo –dijo él encogiéndose de hombros.

–¿Qué significa eso? –insistió ella–. ¿Qué estás diciendo? Presentaste los papeles, ¿verdad?

El silencio se hizo entre ellos y aun así Paolo no hizo ningún intento de aliviar la creciente tensión.

Ella agitó la cabeza incapaz de creer lo que su reticencia le confirmaba.

—No los presentaste. ¿Por qué diablos no lo hiciste?

Los ojos de Paolo la examinaron fríamente y ella se preguntó por qué. El divorcio no había sido idea suya. No había sido ella quien había aparecido en mitad de la noche aporreando su puerta para poner fin a su matrimonio.

—No he tenido tiempo. Tuve que regresar a Estados Unidos para concluir un caso.

—Así que eso, técnicamente, significa que aún estamos casados.

—Técnicamente, sí.

Ella se dirigió hacia el ventanal para observar las copas de los árboles.

«Aún casados». Y parecía haber estado tan desesperado por librarse de ella.

Helene se humedeció los labios.

—Entonces, ¿cuándo piensas presentar los papeles?

Paolo se acercó a ella. Helene pudo ver su reflejo en el cristal y vio cómo sus manos dudaban entre posarse en sus hombros o dejarse caer de nuevo.

—¿Cuáles son tus planes? —preguntó él.

Ella se giró, desconcertada ante la pregunta.

—¿Qué quieres decir?

—¿Vas a dejar tu trabajo?

—¿Por qué iba a hacerlo? Me encanta mi trabajo.

—¿Tienes intención de tener el bebé?

En el tono de aquella pregunta Helene percibió un mensaje oculto. Sólo había una respuesta a lo que se refería Paolo. ¿Por qué estaba tan convencido de que no haría lo correcto tratándose de su hijo?

–Primero me creíste capaz de ir de cama en cama y después de querer endosarle el bebé a cualquier hombre. Ahora pareces pensar que podría destruir esta nueva vida que crece dentro de mí y de la que ambos fuimos testigos hoy. Lo viste, Paolo, sé que lo hiciste. Este bebé no es un vago concepto, es una vida con un corazón, un cerebro, manos y pies. ¿Cómo puedes siquiera pensar que trataría de deshacer lo que hemos creado incluso aunque fuera por accidente? Obviamente, tienes una muy mala opinión sobre mí.

–Pero aun así pretendes seguir trabajando.

–Mientras pueda, sí.

–¿Y qué pasa con el bebé?

Helene anduvo hasta el otro extremo de la habitación antes de volverse para mirarlo. Tenía que poner distancia entre ellos para atenuar el impacto de sus palabras.

–Estoy embarazada, Paolo, no enferma. No hay razón por la que no pueda seguir trabajando hasta el séptimo u octavo mes. La mayoría de las mujeres lo hacen.

–No las que están esperando un hijo mío.

–¿Oh? ¿Y de cuántas mujeres estamos hablando exactamente?

Tan pronto como hizo aquel comentario supo lo estúpido que había resultado. Paolo no había tenido la oportunidad de tener niños porque nunca había tenido la opción de comprometerse con nadie debido a su matrimonio con ella para protegerla de Khaled.

–No quise decir eso, Paolo. Lo siento. Pero, sinceramente, estaré bien.

–¿Y qué hay de los problemas que me has comentado? ¿Las pérdidas de sangre?

–No deberían ser ningún problema. La ecografía de

hoy mostró que todo era normal. Ya viste el informe del doctor. Piensa que probablemente se deben a variaciones hormonales, así que no hay razón por la que deba dejar de trabajar todavía.

–¿Y qué pasará cuando el bebé nazca? ¿Qué harás tú sola con él en tu apartamento?

Ella se giró intentando buscar una respuesta mientras miraba a través de las ventanas.

–No lo sé. Tomaré la baja de maternidad. No he tenido tiempo de pensarlo, pero seguro que se me ocurrirá algo.

–Entonces no te molestes –dijo él enfáticamente–. Yo ya he buscado una solución.

Los fríos tentáculos del miedo se apoderaron de ella. Paolo parecía muy seguro, demasiado para su gusto y aquello le hacía sentir que estaba perdiendo el control de la situación.

–Estoy deseando escuchar tu propuesta. Este bebé nos pertenece a ambos así que no veo razón alguna por la que no podamos llegar a un acuerdo juntos.

–No hay necesidad de ello. Tengo la solución más práctica.

–¿Qué quieres decir?

–Vendrás a Milán y vivirás conmigo en mi casa. Ya casi hemos concluido este caso. Ya es hora de volver a casa. Allí tendrás todo lo que necesites. Cuidaré de ti y del bebé.

–Pero Paolo, eso no es nada práctico. Yo vivo en París. Además nuestro divorcio tendrá lugar tan sólo diez minutos después de que hayas presentado los papeles.

–Entonces simplemente no los presentaré –dijo él.

–¿Por qué? –preguntó ella–. ¿Qué quieres decir con eso?

   —Es muy simple —dijo acercándose a ella de forma que su aliento acariciaba suavemente su rostro—. En cuanto a lo que la ley se refiere, estamos casados y —dijo después de darle un momento para poder asimilar aquel hecho—, de momento, vamos a permanecer casados.

Capítulo 5

NO TE ENTIENDO –dijo Helene agitando la cabeza contra las palmas de sus manos, tratando de comprender aquel inesperado anuncio–. Tú iniciaste el proceso de divorcio. ¿Ahora dices que has cambiado de opinión?

–Ahora hay algo más que debemos tener en cuenta. No quiero que mi hijo sea considerado ilegítimo. Deberíamos permanecer casados al menos hasta que el bebé nazca.

Sólo la llevó un instante darse cuenta. Su repentino interés por permanecer casados no tenía nada que ver con ella. Paolo sólo estaba protegiendo a su hijo. No era, ni mucho menos, que no se quisiera divorciar de ella. Su intención no había cambiado, lo único que había cambiado eran las fechas.

Helene tenía que tomar medidas drásticas contra la fría y húmeda burbuja de decepción que se estaba apoderando de ella. Mientras que la lógica le decía que por supuesto aquello era lo que él quería decir, había una parte de ella que irracionalmente deseaba que sus pensamientos se debieran a una razón totalmente diferente, semejante a la que le había llevado en primer lugar a llamar a su puerta aquella noche en París.

–¿Qué estás pensando?

Su pregunta hizo que Helene volviera su atención hacia él.

–Estoy pensado que esperas mucho de mí al pedirme que abandone mi vida en París y me vaya a vivir contigo sólo porque estoy embarazada.

Paolo arqueó las cejas.

—¿Acaso no fue mucho pedir que me casara contigo hace doce años para salvarte de Khaled?

—No me culpes ahora por eso. No es lo mismo. Tú continuaste con tu vida. Yo no esperaba que vivieras conmigo.

—Sí que es lo mismo. Yo hice algo por ti hace doce años. ¿No crees que hubo cosas a las que tuve que renunciar, cosas que podría haber hecho simplemente de no estar casado contigo?

«Oh, Dios». Pensó ella manteniendo los ojos cerrados. Naturalmente que lo había hecho. Había renunciado a la oportunidad de poder casarse con Sapphire, la mujer que amaba, antes de que le fuera arrebatada de su lado.

—Lo siento —dijo ella sabiendo que sus palabras habían sido totalmente inadecuadas—. No quise decir...

—Así que ahora debes hacer algo por mí y por nuestro hijo. Y en seis meses, cuando nuestro hijo haya nacido, aún podrás obtener el divorcio.

—¿Y si no quiero dejar mi trabajo? —dijo ella tratando de infundir confianza a su voz—. ¿Y si no quiero trasladarme a Milán?

—Entonces interpondré una demanda para obtener la custodia y perderás al bebé totalmente.

Ella no lo dudaba. Con los recursos que tenía a su disposición siendo abogado y con la fortuna de su familia respaldándole, ella no tendría la menor oportunidad aunque fuera la madre biológica. Pero, ¿sería capaz de hacer algo así?

—¡No serías capaz de privarme de mi hijo!

—No será necesario llegar a eso. Todo lo que tienes

que hacer es dar la impresión de que somos una familia. Estoy seguro de que puedes hacerlo hasta que el bebé nazca.

Una familia. Aquella palabra le resultaba tan extraña. Hace tiempo ella había formado parte de una, pero sus ideas se habían hecho añicos cuando la intención de su padre de casarla con Khaled se había visto frustrada. Entonces fue cuando se dio cuenta de que no formaba parte de una familia en absoluto, tan sólo era una parte de las acciones de su padre listas para ser vendidas al mejor postor. Desde entonces había estado sola. Y de eso hacía ya mucho tiempo.

Aun así el concepto de familia le llamó la atención.

—¿Quieres que actuemos como si fuéramos una familia normal? ¿Por qué?

—Mi madre está envejeciendo. Quiere ver que he sentado la cabeza. Quiere verme casado. Y quiere tener más nietos. Ahora puedo darle uno, pero lo que más feliz la haría sería saber que me he casado.

—¿Y después de que el bebé nazca?

El corazón latía con fuerza en el pecho de Helene. Aquél era el momento de la verdad. Seguramente él no insistiría en que abandonara a su recién nacido y volviera a París. No esperaría que ninguna madre hiciera algo semejante.

—Sí —asintió él con la cabeza—. Se disgustará porque el matrimonio no haya durado, pero para entonces ya tendrá un nieto al que adorar. El bebé la ayudará a superar el dolor más rápido.

Ella se quedó sin respiración. ¿Y qué pasaba con su dolor? Su vida parecía estar basándose en una serie de rechazos por parte de Paolo. ¿Cuántos más podría soportar? La noche de bodas, su repentina aparición en mitad de la noche para que le firmara los papeles del divorcio... Si en esas ocasiones no se había sentido lo suficientemente rechazada, ahora planeaba prescindir de ella en cuanto el bebé hubiera nacido.

—¿Y cuándo veré yo a mí bebé?

—Acordaremos un régimen de visitas como hacen las parejas divorciadas.

—Pero tú esperas obtener la custodia.

Paolo se encogió de hombros.

—Naturalmente. Además, un bebé sólo se interpondría en tu carrera. Sé que te preocupa mucho que eso suceda.

—Haces que suene como si quisiera dejar a un lado a mi hijo por ocuparme de mi carrera. Además, tú tampoco puedes dejar de lado tu carrera.

—Pero tú estás sola. ¿Quién cuidará del bebé cuando estés en el trabajo?

—Hay guarderías, niñeras...

—¡No permitiré que ningún extraño cuide de mi hijo! Mi hijo tendrá una familia en Milán cuando yo no pueda estar a su lado. Están mi madre, sus primos... ¿No ves que es la mejor opción para el bebé?

—No pareces darme muchas otras oportunidades.

—No tienes otra opción. Éste es el mejor acuerdo posible.

—¡No! Lo será para ti, pero no para el niño.

—¡Lo es para todos nosotros! Míralo de esta forma —dijo él—. Durante doce años he estado soportando un matrimonio de conveniencia. Todo lo que te pido ahora en una fracción de eso. Seis meses de familia de conveniencia. Comparado con doce años no creo que seis meses sea mucho pedir, ¿no es cierto?

Era mucho pedir. Y cuanto más se acercaba el día de su partida, más convencida estaba de ello. Él había organizado sus vuelos, la mudanza de su apartamento e incluso las citas médicas una vez que llegaran a Milán. No la había dejado hacer nada más que recoger de su apartamento sus objetos personales antes de que hicieran la mudanza.

Él lo había hecho todo, incluso supervisar su solicitud de disfrutar de una excedencia por maternidad sin sueldo. Él no la estaba dejando ninguna oportunidad para que cambiara de opinión acerca de seguir o no trabajando una vez regresara a Europa.

Paolo se había apoderado de su vida.

En un par de días se marcharían hacia Milán donde se suponía que, durante los próximos seis meses, viviría en la villa de los Mancini fingiendo ser la mujer de Paolo. No simplemente su mujer, tal y como decían los papeles, sino su verdadera esposa.

Helene no estaba segura de poder hacerlo. Ya ni siquiera estaba segura de que Paolo le siguiera gustando. El hombre que había aparecido en su apartamento aquella noche se había esfumado dando paso a un extraño enojado que la hacía responsable de todo lo que había ido mal en su vida, desde la pérdida de Sapphire hasta su inesperado embarazo.

Bueno, quizá lo fuera. Y quizá tener que vivir seis meses junto a Paolo fuera su penitencia.

Se dirigió hacia el dormitorio para recoger algunos pendientes del tocador cuando, de repente, lo encontró. En el fondo de la esquina de su pequeño joyero esmaltado que tenía desde que era una niña estaba el anillo que Paolo le había dado el día de su boda. El sello de Paolo.

Lo deslizó por su dedo y sonrió. Era demasiado grande para ella. Siempre lo había sido. Ambos estaban tan nerviosos por escapar de su familia y casarse que se olvidaron por completo de que necesitaban unos anillos.

Cuando el concejal les pidió los anillos durante la breve ceremonia civil se hizo un incómodo silencio que ambos aprovecharon para buscar algo, cualquier cosa que les sirviera para sustituir a los anillos. Paolo finalmente se quitó su sello para desposarla mientras mantenía sus dedos juntos para que no se le cayera.

Después de la boda ella había querido devolvérselo, pero él le dijo que era suyo así que se lo puso en el dedo pulgar cual si fuera un tesoro. Tiempo después, tras haberse llevado un susto por creer haberlo perdido, decidió ponerlo a buen recaudo en su joyero.

Dando un suspiro se quitó el anillo y volvió a ponerlo en el joyero. Era un recuerdo de otros tiempos en los que Paolo había sido para ella el príncipe azul que la había salvado de un matrimonio forzoso con un hombre por el que sólo sentía odio.

Pero ahora Paolo estaba reclamándole su deuda. Ya no era su salvador. Ahora él era el castigo que la obligaba a cumplir con otro matrimonio concertado.

Helene escuchó cómo una llave giraba la cerradura y apretó los dientes. Winston había hecho una copia de la llave a Paolo dando por sentado que a ella no le importaría. ¿Por qué pensaría eso? Por lo visto nadie le decía que no a Paolo Mancini.

Allí estaba él, apoyado en la puerta. Parecía más alto que nunca y la anchura de sus hombros bloqueaba el paso de la luz de las ventanas a través de él.

—No me gusta que hagas eso —dijo colocando el joyero entre la pila de cosas que debía llevarse.

—¿Hacer qué?

—Entrar sin avisar. Podrías haber llamado a la puerta.

—¿Y si te pasa algo y no puedes ir a abrir la puerta? Entonces estarías agradecida por mi ayuda.

–No va a sucederme nada. ¿Es que no lo entiendes?

–Estás embarazada. Pareces no darte cuenta.

–Escucha, Paolo. Millones de mujeres en todo el mundo tienen bebés cada año sin ninguna preocupación y sin ningún problema.

–Y hay otras muchas que no. No veo la razón por la que correr riesgos.

Ella suspiró profundamente. No merecía la pena discutir con él. Paolo había decidido que ella era la persona menos indicada para cuidar de sí misma durante su gestación. Ella no se creía capaz de poder convencerlo de lo contrario.

Paolo se dirigió hacia el armario para revisar su contenido.

–Aún te quedan muchas cosas.

–No tardaré mucho.

–No. Enviaré a alguien para que lo haga.

Antes de que ella pudiera protestar Paolo ya había sacado su teléfono móvil y daba órdenes a medida que ella se ponía furiosa.

–Sabes, no tienes por qué controlar mi vida.

–Eres muy lenta. Además, quiero que vengas conmigo. Tenemos que ocuparnos de un asunto. Alguien se encargará de esto mientras estamos fuera.

–¿Qué asunto?

–Ya lo verás. Llévate el abrigo. No quiero que te resfríes.

–No lo necesito –dijo ella–. Hace un día muy bueno.

–¡Llévate el abrigo!

Frunció los labios obligándose a mantenerlos cerrados cuando todo lo que quería hacer era gritarle que saliera de su vida y la dejara en paz.

¿Cómo podía haber creído que lo quería? ¿Cómo

podía haber albergado falsas esperanzas sobre él después de su noche juntos en París? Ni siquiera la perspectiva de haber creado una nueva vida le había ablandado. Él le había arrebatado hasta la última brizna de alegría que le brindaba la experiencia de tener ese niño al igual que le estaba arrebatando el control de su vida.

—¿Adónde vamos? —le preguntó después de que se hubieran metido en un taxi y despedido de Winston.

—No muy lejos —respondió él.

Giraron por la calle cincuenta y nueve pasando por Central Park hasta llegar a la Quinta Avenida. Allí se detuvieron.

—¿Ya hemos llegado? —dijo ella—. Podríamos haber venido andando.

—No quiero que corras riesgos innecesarios —dijo él mientras pagaba al conductor.

—Andar aproximadamente un kilómetro no constituye ningún riesgo.

Pero él no estaba escuchando. De hecho, la estaba conduciendo hacia un imponente edificio de mármol. Las bandas publicitarias ondeando en la brisa llamaron la atención de Helene. Después el nombre la impactó. Tiffany & Co.

—¿Qué estamos haciendo aquí? —preguntó ella.

—Necesitas algo que haga parecer que estás casada. Mi madre así lo espera.

¿Parecer casada? ¿No se le había ocurrido que ningún anillo en el mundo sería capaz de convencer a la gente de que estaban casados? Se necesitaría más que una alianza de oro sobre su dedo para dar la impresión de que eran una pareja de enamorados.

—No puedo creerlo. ¿Realmente crees que un pedazo de oro va a transformarnos por arte de magia en la pareja perfecta?

Paolo gruñó expresando su desaprobación mientras la conducía hacia los mostradores de la planta baja.

Quizá eso era lo que él quería. Quizá quería que parecieran infelices. El marido resignado y la esposa irascible. Parecía que ya lo escuchaba lamentándose de su mala fortuna. Con razón su matrimonio duraría tan poco.

Les estaban esperando. Los condujeron a una sala privada decorada con muy buen gusto.

–¿Qué tipo de anillo de compromiso está buscando, señorita Grainger? –le preguntó el vendedor una vez que se hubieron acomodado.

–¡Oh! –dijo ella sorprendida de que Paolo no hubiera elegido ya algo por ella.

Pero realmente ella no necesitaba un anillo de compromiso. Nunca habían estado comprometidos. ¿Por qué añadir gastos innecesarios a esta farsa? Después de todo, ya estaban casados.

–Una alianza de oro estará bien.

Sin cambiar la expresión de su rostro, el vendedor miró de reojo a Paolo.

–Mi prometida es demasiado modesta –dijo él–. Naturalmente, debe tener un anillo de compromiso –él miró hacia el escaparate señalándole uno–. ¿Qué te parece algo así?

Helene contuvo un grito ahogado cuando vio lo que estaba señalando. Era simplemente precioso. Un gran diamante flanqueado por otros dos engarzados en oro blanco que en conjunto formaban un deslumbrante solitario. Sin duda, su precio sería igual de deslumbrante.

–Es demasiado ostentoso –dijo ella–. Quizá algo más sencillo.

–Pruébatelo –insistió él mientras el vendedor sacaba el anillo del escaparte y lo deslizaba por su dedo antes de que ella pudiera negarse.

La sortija era impresionante. Resplandecía con cada uno de los movimientos de su mano. Pero un anillo como ése debería llevarlo una mujer enamorada. Debería ser el regalo de un hombre que estuviera enamorado de ella. No pertenecía a la mano de una mujer como ella, una mujer que iba a vivir una mentira durante los próximos seis meses.

–No es de mi estilo –dijo ella con un matiz de arrepentimiento en su voz mientras le echaba el último vistazo–. ¿Qué otras cosas tienen?

–No –dijo Paolo–. Nos llevaremos éste. Y una alianza que haga juego con él.

–¡No puedes! –protestó ella.

–Está decidido –dijo él aplacando todas sus protestas.

El vendedor se había marchado para procesar la transacción cuando se le ocurrió algo.

–¿No vas a elegir un anillo para ti?

Él se levantó.

–No es necesario –dijo él con desdén.

Por supuesto que no era necesario. Tampoco lo era abrumarla con semejante cantidad de quilates, pero nada ni nadie se lo había impedido. Aun así él no podía llevar un anillo que dijera que, de alguna manera, estaban unidos. Claramente, no quería que nada le recordara que estaba casado con ella.

Totalmente frustrada se dirigió hacia el lado opuesto de la sala para echar un vistazo al contenido de los escaparates. Fue entonces cuando un destello de color llamó su atención.

Una pieza de cristal rojo en forma de corazón diseñada por Elsa Peretti cambiaba de color a medida que sus ojos variaban el ángulo con que la miraban. Era una pieza tan simple, pero a la vez tan evocadora... Probablemente fuera la pieza más barata de toda la tienda, pero era incapaz de apartar la vista de ella.

Al otro lado de la sala Paolo sabía que era mejor no acercarse a ella. Mientras mantuviera la distancia, podría controlar el deseo y la necesidad de poseerla que le estaban quemando por dentro.

Ella seguía mirando fascinada al escaparate y los ojos de Paolo aprovecharon la oportunidad de poder deleitarse en sus curvas. Le gustaba la forma en la que el embarazo estaba cambiando su apariencia, cambiando su cuerpo poco a poco haciendo que sus pechos estuvieran más redondos y plenos que nunca. Paolo deseaba poder quitarle el top para poder verlos caer y sostenerlos entre sus manos. Quería llenarse la boca con el sabor de sus pezones.

Tragó saliva para reprimir un gemido. Su deseo por ella había vuelto después de asimilar que estaba esperando un hijo suyo y ahora, más que nunca, el deseo parecía ser incontrolable.

Pero esperaría. Aún no haría nada. No hasta que el doctor les diera luz verde y le asegurara que no dañaría al bebé. Entonces dispondría de seis meses en los que ella estaría con él en su casa y en los que sería suya en cuerpo y alma.

Él se acercó a ella caminado en silencio por la alfombra, curioso por saber qué era lo que la tenía tan fascinada. Tomó aire para poder oler su esencia y el suave perfume de su cabello. Deseó poder estrecharla entre sus brazos y besarla de nuevo pero, sin embargo, se forzó a bajar la mirada hacia el mostrador para ver qué era lo que ella estaba observando.

Era tan sólo un pisapapeles. Aunque había algo en el que...

Entonces él recordó la ecografía, la carne transparente, la fácilmente reconocible estructura ósea, sus minúsculos pies y, lo más sorprendente de todo, la sombra de su pequeño corazón latiendo.

El corazón de su hijo.

–*Il cuore del mio bambino* –dijo él dirigiendo su aliento hacia la melena de ella.

Ella se sobresaltó un poco. Se giró sobre sus hombros con los labios separados y se sorprendió al ver lo cerca que estaba de ella. Por primera vez él se percató de las oscuras manchas bajo sus ojos y la tensión en los músculos de sus mejillas y él sintió cómo él mismo fruncía el ceño. Pero antes de que pudiera decir nada, el vendedor le señaló que ya estaba todo listo.

Helene luchó por tomar aire. Había estado tan cerca de ella... Además, la había mirado de una forma que no había visto desde hacía días. En sus oscuros ojos ardía el deseo. Aquella mirada le hacía recordar la noche de pasión en París en la que el fuego les había consumido a ambos. Después de aquello sus ojos se habían llenado de hostilidad, ira y frialdad y eso la había hecho sentirse muy triste. Su repentino cambio la había pillado desprevenida.

¿En qué estaría pensado Paolo?

Helene resopló deseando que él mantuviera su duro comportamiento. Si Paolo esperaba que se marchara después de seis meses, la última cosa que quería era reavivar el fuego que había entre los dos. Para él obviamente sólo se trataba de algo físico, pero para ella era mucho más. El coste sería muy alto.

Ella quería que él la odiara. Lo necesitaba para que ella pudiera odiarlo también. Sólo entonces sería capaz de marcharse y cumplir con su acuerdo manteniendo el orgullo intacto. Iba a ser algo sumamente difícil puesto que se suponía que debía abandonar a su bebé. ¿Cómo demonios se suponía que podría soportar algo así?

Paolo no podía obligarla a hacerlo. Nadie podía esperar que diera a luz y se marchara sin más, relegando todas las responsabilidades maternas a otra persona. No estaba bien. No era humano.

Ella parpadeó mientras él le entregaba su abrigo. Ella lo agarró girándose hacia los ascensores. Así que ya había terminado. La señora Mancini estaría sin duda impresionada ante el brillo del arsenal de joyas que su hijo le había obsequiado a su esposa. Asimismo ella estaría descorazonada cuando él la abandonara y tuviera que dejar a su recién nacido al cuidado de su padre.

De repente llegó a la conclusión de cuál había sido la razón para la extravagancia de Paolo. Sin duda, él insistiría en que ella se quedara con los diamantes. De esta forma, ante los ojos de su familia, su condena sería completa.

Un marido tan generoso.

Y una mujer tan egoísta y avariciosa.

Se le hizo un nudo en la garganta cuando él la conducía hacia los ascensores. No quería los anillos. No podía llevarlos. Ya tenía un anillo de boda y había sido cuanto había necesitado en todos esos años. Quizá no tuviera ningún valor comparado con los que había comprado ese día, pero al menos ése se lo había dado sinceramente, bajo la magia del momento, y era algo que formaba parte de él y no le había costado un dineral.

Llegaron a la planta baja y en cuanto las puertas se abrieron ella salió corriendo.

–¡Para! –le gritó en medio de la calle agarrándola del brazo–. ¡Para!

–No –dijo ella girándose en dirección contraria sabiendo que la última cosa que necesitaba era que volvieran a encerrarla en un sitio con Paolo. Necesitaba espacio para moverse, aire fresco y libertad. Se soltó y cruzó los brazos frente a él–. Necesito caminar.

Helene se dirigió hacia el parque sin importarle si él la seguía o no, pero naturalmente lo hizo. Tomando aire recordó que su reacción no podía ser otra que aquélla. Paolo no iba a dejarla marcharse, no con su hijo a cuestas.

–¿Adónde crees que vas? –preguntó él.

–A cualquier sitio donde tú no estés –le respondió sin mirarlo.

Helene sabía que no la dejaría. No tenía la menor esperanza. Pero sólo la momentánea sensación de tenerle tras ella y poder ir donde quisiera, después de su sofocante presencia durante las últimas semanas, era increíblemente liberadora.

–Tomaré un taxi.

–Pues hazlo –dijo ella–. Yo iré andando.

Helene continuó caminando tranquilamente a lo largo de la zona sudeste de Central Park donde los coches de caballos se alineaban y los irlandeses charlaban amistosamente o paseaban a sus animales.

Ella lo miró de reojo. Viéndolo con su traje de Armani entre los turistas y los vendedores ambulantes, Paolo se veía más dominante que nunca. Parecía estar totalmente fuera de lugar, pero no importaba dónde estuviera, él no podría pasar nunca desapercibido.

Helene se acercó a la cola de los carruajes. Nunca había tenido la oportunidad de dar un paseo en coche de caballos por el parque y al día siguiente se marchaba.

Miró a Paolo y pensó que problablemente no se había dado cuenta de que estaban junto a los carruajes porque estaba demasiado embebido en sus asuntos

El conductor del primer carruaje los vio y se bajó del coche para ofrecerles dar un paseo. La tela de raso de su chaleco brillaba a la luz del sol.

—Señor —dijo el conductor con acento irlandés—, ¿le gustaría llevar a esta bella señorita a dar un paseo por el parque?

Fue Helene quien contestó con una sonrisa.

—Gracias —dijo sin dudarlo—. Creo que lo hará.

Helene permitió que el conductor la tomara de la mano para ayudarla a subir al carruaje y cuando se giró, se encontró con Paolo frunciendo el ceño mirándola fijamente.

Estaba encantada. Era excitante pillarlo desprevenido. Estaba tan acostumbrado a tener siempre la última palabra...

—Pensé que querías hacer ejercicio.

—Estoy ejercitando mis músculos de la diversión. Sube —le invitó ella—. Estoy segura de que los tuyos también necesitan una puesta a punto.

Una gran carcajada siguió a aquel comentario, pero no procedía de Paolo.

—Tengo la impresión de que acabas de encontrar tu media naranja en esta joven —le dijo el conductor guiñándole un ojo.

Ella sonrió mientras Paolo, sin decir nada, se desabrochaba la chaqueta y se acomodaba en el asiento al lado de ella.

A pesar de la presencia de Paolo se sintió relajada

por primera vez desde que había descubierto que estaba embarazada. Cerró los ojos y se echó hacia atrás respirando profundamente para disfrutar el suave balanceo del carruaje. Era genial poder disfrutar del aire libre. Era genial tener una oportunidad para poder pensar.

—Tenemos algunos asuntos que discutir —la voz de Paolo penetró en su conciencia, pero ella se negó a que sus palabras pusieran fin a su embeleso.

—Adelante —dijo ella sin abrir los ojos.

—Creo que será mejor hacerlo en un sitio más privado, en tu apartamento.

Abrió los ojos y lo vio considerando su proximidad al conductor.

—No si los subalternos que has contratado para hacer la mudanza están allí. El conductor está cantando. No podrá oírte a menos que vayas a gritarme, claro.

Por unos segundos sus ojos parecieron contrariados y los músculos de su mandíbula se tensaron. Helene sabía que nada le gustaría más en ese momento que gritarle, pero Paolo tomó aire y se sentó de lado para mirarla de frente apoyando un brazo sobre el respaldo del asiento.

—He telefoneado a mi madre para hacerla saber que vamos para allá. También la he contado lo del bebé.

—¿Cómo se lo ha tomado?

—Naturalmente está encantada, pero habría preferido que nos casáramos antes de tener el bebé.

—Pensé que estábamos casados.

—No tiene sentido contarle a nadie nada sobre eso y mucho menos a mi madre. Le dije que nos casamos impulsivamente hace una semana en un juzgado de paz aquí en Nueva York.

—Así que ahora piensa que soy una descuidada que

se ha quedado embarazada y tú has decido casarte conmigo para hacer algo honorable.

–¿No es más o menos eso lo que ha sucedido?

–¡No!

Ahora veía cómo todo se ponía en su contra, lo inconveniente que resultaba un matrimonio tan precipitado, el haberle hecho casarse con ella por haberse quedado embarazada, la traición y el abandono de su hijo marchándose con las manos llenas de diamantes.

–Ella quería celebrar otra ceremonia religiosa en Milán, pero le dije que esperara hasta después de que el bebé naciera porque estabas preocupada por tu figura.

–Oh, genial. Muchas gracias. ¿Hay algo más que deba saber?

–Le dije que eras una mujer muy guapa.

«Vanidosa, egoísta y avariciosa».

Ella tomó aire. Si su comentario tenía la intención de ser un cumplido no lo había conseguido por las abundantes faltas que él ya le había atribuido.

–No estoy segura de que pueda seguir con esto –susurró ella.

–Lo harás –dijo él sujetándole la barbilla con una mano forzándola a mirarlo de frente–. Porque me lo debes. Y lo sabes.

Mirándolo a los ojos supo que lo que decía era verdad. Durante muchos años él había renunciado a la posibilidad de formar una familia por mantenerse firme en su promesa hacia ella. Ahora ella tenía que saldar esa deuda. Muy bien, se lo debía. Pero, ¿tenía que controlar toda su vida como si ella le perteneciera? ¿Tenía que controlar todo lo relacionado con el bebé como si sólo fuera suyo?

Ella lo miró a los ojos rezando para que entrara en

razón, que comprendiera. ¿No se daba cuenta de que la estaba pidiendo mucho?

Pero su mirada se negó a mostrarle respuestas. Por el contrario, él también parecía estar buscando respuestas. Helene empezó a sentir un cosquilleo en el lugar donde su mano sujetaba su barbilla mientras sus dedos se deslizaban suavemente por su piel. Las pestañas de los ojos de Paolo parecían de repente más oscuras y espesas y su mirada emanaba un calor que ella parecía sentir sobre su piel. Instintivamente, por la forma en que su cuerpo reaccionó, Helene supo que él estaba pensando en la noche que ambos habían compartido en París hacía unos cuantos meses.

Entonces los ojos de Paolo se llenaron de confusión y apartó la mirada dejando caer su mano para deslizarla por su pelo. Avergonzada, ella se giró fingiendo mostrarse interesada por el paisaje.

Él tosió en voz baja. Ella tuvo la impresión de que, además de aclararse la garganta, estaba intentando liberar su pensamiento de aquellas inoportunas imágenes.

—Aparte de mi madre —dijo después de aquel incómodo momento—, conocerás a mi hermana pequeña, María, y a su marido, Carlo. Tienen dos niños pequeños.

Ella volvió a mirarlo.

—¿Y tu padre?

—Está muerto.

Su respuesta dejó claro que no quería continuar con el tema. Ella estudió su rostro y vio la fiereza con la que apretaba los dientes, así que pensó que sería mejor no profundizar en el tema. Después de todo, sabían tan poco el uno del otro cuando se suponía que eran unos felices recién casados... Tendría que saber más cosas sobre su familia. Era algo normal. Pero sus ojos mostraban tanto dolor que Helene decidió desistir. Obviamente era un tema del que no quería hablar.

—Lo siento —dijo ella.

—Es mi madre quien me preocupa ahora mismo. No está muy contenta por haberse perdido la boda de su hijo.

—No me sorprende —dijo ella feliz por cambiar de tema—. ¿A quién le gustaría perderse la boda de un hijo?

A cualquier persona que no fueran sus padres, claro.

Helene se miró las manos que mantenía entrelazadas sobre su regazo y deseó que las cosas hubieran sido diferentes. En lo que se refería a sus padres, ella ya no existía para ellos. Nunca lo había hecho. Ellos nunca sabrían que sería madre, que tendrían un nieto.

Se le hizo un nudo en la garganta mientras las lágrimas se acumulaban en sus ojos amenazando con desbordarse. Ella parpadeó rápidamente tratando de contenerlas.

«¡Maldita sea!» Helene sacó un pañuelo de papel de su bolsillo para sonarse la nariz. Hacía años que no pensaba en sus padres y mucho menos llorado por ellos. El embarazo la estaba desestabilizando emocionalmente. En el transcurso de unas horas había pasado del enfado al buen humor y entre medias por la melancolía.

—¿Vas a decirle a tus padres lo del bebé?

Ella giró la cabeza. ¿Cómo sabía lo que estaba pensando?

—No veo la necesidad. Ellos no se han molestado en contactar conmigo en doce años.

—Pero es su nieto. Tienen derecho a saberlo.

Ella quería darle la razón, pero había algo que se lo impedía.

—Quizá. En un mundo perfecto. Pero el concepto de familia no es tan importante para mis padres. En cuanto a lo que mi familia se refiere, mi matrimonio contigo les costó muy caro así que ahora estoy pagando las consecuencias de mis acciones.

—Tu padre se equivocó al tratarte de esa manera, como si fueras un paquete de acciones. Él esperaba mucho de ti.

—¿Acaso tú no? —ahora estaban hablando de sus padres. Ella agitó la cabeza y continuó—. Mira, no importa. Si les cuento lo del bebé sin que ellos quieran saberlo me odiaré a mí misma por haberles hecho creer que me importaban lo suficiente como para darles la oportunidad de hacer que me rechacen otra vez.

—Pero deberían estar interesados —dijo él solemnemente.

—Quizá sea verdad aunque, seamos sinceros, incluso si se alegraran por ello, ¿habría alguna posibilidad de que pudieran ver a su nieto? Me parece que ya tienes todo muy bien atado.

Helene percibió la furia en sus ojos y se sorprendió por ellos. Ella no había querido atacarlo, pero era la verdad. Así era, él lo había dispuesto todo acorde a su conveniencia sin pensar en sus sentimientos o en los del bebé, que se vería obligado a crecer separado de su madre.

—Estás molesta conmigo por querer lo mejor para el bebé —dijo él.

—¿Acaso crees que yo no quiero lo mejor para él?

—Tú siempre serás su madre. Nadie te niega eso.

—Pero esperas que el niño se quede contigo. No me dejarás llevármelo.

–Eso es incuestionable –dijo con un tono que no dejaba dudas–. El bebé se quedará conmigo.

El bebé, pero no ella. No podía haberlo dicho más claro. El significado habría sido el mismo. Esperaba que ella se marchara y dejara al niño con él cuando lo hiciera.

Helene giró el rostro mientras apretaba los puños. Quería gritar. Quería llorar. Quería saltar y hacerle ver que lo que estaba haciendo no estaba bien y que ella no quería saber nada de él. Pero aquello no funcionaría con él. Estaba acostumbrado a discutir en los tribunales. No había forma de poder convencerle con simples palabras o emociones.

Tendría que dar con algo que le hiciera cambiar de opinión en cuanto hacerla marchar una vez hubiera dado a luz.

El carruaje salió del sombrío parque. Ella parpadeó ante el repentino cambio de luz.

–Helene –dijo él–. Quiero que tengas esto.

Paolo sacó del bolsillo de su chaqueta una preciosa cajita de color azul con un lazo blanco. Ella agitó la cabeza y se apartó. Los anillos podían esperar. Podía ponérselos tan sólo un minuto antes de que llegaran a su casa en Milán.

–Quizá más tarde –le dijo volviendo a apartar la mirada.

–No. Toma.

Paolo puso la cajita entre sus manos, poco dispuestas a colaborar, y ella la miró fijamente durante un rato. En cuanto se pusiera esos anillos estaría aceptando el destino que él había elegido para ella. Estaría accediendo a sus planes. Todavía no estaba lista para eso.

–¡Ábrela!

Ella parpadeó. Sus ojos la observaban, pero ahora no contenían furia. Por el contrario, parecían animarla a hacer lo que él la había pedido, implorándola que se fiara de él.

De mala gana tomó uno de los extremos del inmaculado lazo y deshizo la lazada. Fuera lo que fuese lo que la cajita contenía estaba envuelto en papel de seda. Helene lo miró, pero sus ojos no le dieron ninguna respuesta.

Helene retiró las capas de papel de seda y dio un grito ahogado.

–¡El pisapapeles!

El corazón de cristal rojo brillaba contra el fondo blanco del papel de seda. Ella lo sacó de la caja sintiendo su peso entre las manos y deslizando sus dedos por su superficie. Era la cosa más bonita que jamás le habían regalado.

Y había sido Paolo quien se lo había obsequiado.

Helene sonrió, alzándolo con ambas manos y acercándoselo al pecho.

–Gracias –dijo ella–. Es precioso.

Paolo pareció esbozar una leve sonrisa mientras asentía.

–*Buono* –dijo él–. Me alegro.

Parecía la cosa más natural del mundo que, mirándola como lo hacía con esos ojos tan cálidos, se acercara a darle un beso en la mejilla como un simple e inocente gesto de agradecimiento. Sin embargo, en el último segundo él se movió y no fueron sus mejillas las que se toparon con sus labios sino su boca. La boca de Paolo suave, cálida y sensible.

El carruaje se detuvo. Ambos se separaron. Helene miró a su alrededor, estaba aturdida. Habían vuelto a la parada de coches de caballo junto a la acera. El paseo había terminado.

El conductor soltó las riendas y se bajó del coche para abrir la puerta.

–Y bien, ¿han disfrutado del paseo?

Ella le sonrió mientras guardaba de nuevo el pisapapeles en su caja. Después, tomó la mano que él le brindaba.

–Gracias, ha sido maravilloso. Era algo que siempre había querido hacer.

–Sí, hay algo de magia en ello –le dijo él mientras la ayudaba a bajar del carruaje.

Capítulo 6

LA MADRE de Paolo les estaba esperando. En el momento que el coche se detuvo frente al pórtico de columnas de la villa, la puerta principal se abrió y una mujer elegantemente vestida apareció en las escaleras. Tenía que ser Carmela Mancini. A pesar de que la constitución de la mujer fuera pequeña comparada con la de su hijo, ambos tenían los mismos ojos oscuros y cautivadores y las mismas pestañas.

–*Casa benvenuta* –dijo ella con una gran sonrisa–. Bienvenidos seáis los dos.

–*Mamma!* –dijo Paolo besándola en las mejillas–. Ésta es Helene.

–Es un placer conocerla, *signora* Mancini.

La madre de Paolo tomó las manos de Helene entre las suyas sujetándola fuerte, evaluándola mientras le daba una calurosa bienvenida.

–Así que ésta es la mujer que finalmente ha logrado que mi hijo deje de ser un soltero de oro y se convierta en un padre de familia. Ya veo por qué estaba tan impaciente por casarse contigo –dijo guiñándole un ojo a Helene–, aunque aún no puedo creer cómo mi desconsiderado hijo no ha permitido a su madre estar presente en su boda.

–*Mamma!* –gruñó Paolo.

Helene sabía que estaba medio bromeando, pero tenía que haber estado hecha de piedra para no haberse sentido herida por haber sido excluida de la boda que Paolo afirmaba haber celebrado en Nueva York.

–Siento que todo haya sucedido de esta forma, *signora* Mancini –le dijo ella sinceramente–. Pero es que fue todo tan de repente...

–Lo entiendo –dijo Carmela soltando sus manos y haciéndola entrar a la casa–. Una vez fui joven e impetuosa. Y, por supuesto, te perdono puesto que me traes tan maravillosas noticias. Hace mucho tiempo que no tenemos un *bambino* en la casa. Los dos hijos de María están creciendo muy rápido –se giró hacia Paolo con los ojos húmedos para acariciarle la mejilla–. Sé que tu padre habría estado tan orgulloso de ti... Pero debéis estar muy cansados después de un viaje tan largo. Venid dentro y descansad.

Helene se dejó guiar hasta el interior de la casa. Se sentía como si acabara de aprobar un examen. Estaba segura de que Carmela la había estado observando, pero no parecía tan protectora ni tan antipática como esperaba. ¿Estaba tan feliz de ver a su hijo casado que había dejado pasar por alto las circunstancias de su matrimonio? ¿O acaso sospechaba que las cosas no eran como Paolo le había explicado?

Fuera lo que fuese, su llegada a Milán había sido una grata sorpresa. Ahora tenía claro que podía continuar con aquella farsa durante los próximos seis meses.

Miró a Paolo por encima de la cabeza de su madre, sonriendo, preguntándose si él se sentiría tan aliviado como ella por cómo había ido la presentación. Pero cuando lo miró a los ojos no fue satisfacción lo que vio en ellos sino enfado.

Helene apartó la cara. ¿Qué era lo que había hecho ahora?

Ni siquiera se había metido en la cama. Estaba tan cansada que después de quitarse la chaqueta y los zapatos se había dejado caer sobre las almohadas, quedándose profundamente dormida. Además, había elegido el dormitorio más pequeño para hacerlo. Se había marchado a la cama horas antes que él y cuando finalmente Paolo se había decidido a reunirse con ella, no la había encontrado en uno de los dormitorios principales. Por el contrario, allí estaba, escondida como una doncella o una niñera en uno de los dormitorios secundarios.

¿Se estaba escondiendo de él? ¿Estaba tan desesperada por evitarlo que había pensado que podría evadirse durante los próximos seis meses escogiendo un dormitorio distinto al suyo?

¡Ni de broma!

Paolo observó cómo descansaba con la boca ligeramente abierta y la melena esparcida por la almohada.

Estiró una de sus manos para acariciarle el cabello con la punta de sus dedos. Era tan suave. Recordó cómo lo había sentido contra su rostro y había olido su fragancia a frutas y a verano. Deseaba tanto poder hundir el rostro de nuevo en él.

Y lo haría. Tan pronto como los doctores le aseguraran que todo estaba bien.

Retiró la mano de su cabello. Aún estaba vestida. Se había quedado dormida con un jersey de punto y unos pantalones elásticos. No podía dormir así, vestida y encima de la cama. Tenía que hacer que se metiera bajo las sábanas. El calor se apoderó de su cuerpo tras su último pensamiento.

Tendría que desnudarla.

No había pensado en otra cosa durante meses y ahora la oportunidad se le brindaba en bandeja. Al día siguiente, Helene visitaría al doctor. Al día siguiente lo sabría. Tendría que esperar hasta entonces. Pero aquello no impedía que quisiera hacerla sentir más cómoda.

Probablemente se despertaría en cuanto sintiera que alguien le estaba quitando la ropa. Era un riesgo que tenía que correr. Parecía tan profundamente dormida que sería muy cruel despertarla para hacer que se cambiara para meterse en la cama. A él no le llevaría mucho tiempo.

Retiró las sábanas del otro lado de la cama para que estuvieran listas y después se arrodilló en el otro lado para comprobar que sus ojos permanecían cerrados. Tomando aire empezó a bajar la cremallera de sus pantalones. Su mirada se quedó fija en un pequeño trozo de cremosa piel que había quedado expuesta. De repente, se dio cuenta de que tenía la garganta seca.

El sueño había vuelto. El sueño recurrente que había tenido desde aquella noche en París, pero esta vez parecía más real que nunca. Esta vez no estaba dispuesta a dejar que su amante se marchara con la luz del amanecer.

Sintió cómo las manos de su amante se posaban sobre su cintura y la echaban hacia un lado para facilitar la tarea de quitarle la ropa. Sentía el aire fresco en sus muslos hasta que sus manos empezaron a acariciar la superficie de su piel desde la cintura hasta los tobillos mientras el calor inundara su cuerpo.

Después sus manos se deslizaron por debajo de su jersey, alzándola entre sus brazos. Dejó caer un codo y sintió cómo salía la primera manga, después la otra. Como un soplo de aire fresco sintió cómo la prenda salía por su cabeza y desaparecía. Sus dedos se deslizaban por las líneas de sus costillas, haciendo círculos contra su cintura dándole un masaje relajante y a la vez estimulante.

Ella quería llegar hasta él. Quería atraparlo entre

sus brazos para poder besarlo. Pero sus brazos eran pesados, parecían estar aletargados. Además sabía que no había nadie allí y que si lo alcanzaba, el amante de sus sueños desaparecería dejándola sola otra vez.

El broche de su sujetador se soltó y los tirantes cayeron sobre sus hombros. Por primera vez estaba segura de haber oído gemir al amante de sus sueños. Incluso en ellos él la hacía sentir un cosquilleo. Él la quería.

El calor se centralizó en sus pechos. Su boca estaba sobre ellos, el suave tacto de sus labios, el dulce movimiento de su lengua primero en un pezón y después en el otro hizo que arqueara la espalda queriendo más y más. Quería más de esas deliciosas sensaciones. Se moría por ellas. Pero cuando sus labios se posaron sobre su vientre y sus manos se deslizaron por sus muslos llevándose la última prenda que le quedaba puesta, suspiró. Ahora podría tomarla y su sueño se habría hecho realidad. Pero no hubo nada más. Sólo fue vagamente consciente de que estaba siendo desplazada, pero estaba tan cómoda, tan a gusto entre sus brazos, que nada más le importaba.

Su respiración era lenta y profunda. Sin duda, dormía plácidamente. Paolo la envidiaba. Él no sería capaz de dormir en toda la noche. No después de ver cómo su cuerpo se había arqueado lascivamente contra el suyo y sentir cómo el aroma de su cuerpo le había embriagado. En verdad, era realmente una locura permanecer tan cerca de Helene cuando su ansia por ella era tan grande.

Pero aquella tortura merecía la pena si el premio era tenerla al fin entre sus brazos.

Incluso dormida había sido tan receptiva... La respuesta de su piel y aquellos movimientos tan inquietantes le habían hecho creer por un momento que estaba despierta, pero sus leves suspiros eran de alguien inmerso en un profundo sueño.

La próxima vez, se había prometido a sí mismo, ella estaría totalmente despierta. Entonces sabría que era él y no plena fantasía. Ella le estaría mirando mientras él le hacia el amor. Quería que ella tuviera los ojos abiertos. Quería perderse en sus ojos verdes mientras la penetrara. Quería verlos explotar cuando ella se desmoronara entre sus brazos.

Manteniendo los ojos cerrados, Paolo suspiró mientras rezaba para que, al día siguiente por la mañana, el doctor le diera buenas noticias cuando Helene acudiera a su cita. Hasta entonces tendría que contener su deseo por ella. Podría soportar una noche más de tortura si se avecinaban seis meses de noches tórridas.

Pero, ¿serían suficientes seis meses?

Tendrían que serlo. Él se aseguraría de que lo fueran.

Helene abrió de repente los ojos al percatarse del peso que sentía a su lado. Manteniendo la respiración, escuchó el inconfundible sonido de alguien respirando junto a ella.

Paolo.

Se puso tensa y el brazo que yacía sobre ella cambió de posición ligeramente.

«¿Estaba desnuda?»

Sus sentidos empezaron a ponerse en marcha. No recordaba haberse metido en la cama y mucho menos desnudarse. Aquello no tenía sentido. Había vuelto a soñar con Paolo, pero esta vez todo le había parecido tan real… Empezó a recordar aquellas sensaciones: cómo le quitaba la ropa, cómo deslizaba sus manos suavemente sobre su piel, su boca sobre sus pechos. Y entonces se dio cuenta de todo. No había estado soñando, pero lo que la preocupaba más es que no podía recordar todo lo que había sucedido. ¿Qué más le había hecho Paolo? Su mente rebobinaba sus sueños intentando encontrar respuestas. Si él le hubiera hecho el amor sin duda lo recordaría, pero era incapaz de recordar nada y tampoco indicios de que lo hubiera hecho.

Entonces, ¿por qué estaba él allí?

Nada tenía sentido.

Paolo no había vuelto a tocarla desde su reaparición en Nueva York. Sólo en un par de ocasiones, mientras tomaba el control de su vida, sus ojos le habían traicionado mostrando cómo recordaba lo que había sucedido entre ellos, pero siempre había mantenido la distancia física. Tenía sentido. Aquella noche en París sólo fue un momento de arrebato para ambos. Él sólo la veía como una incubadora. Una incubadora que tenía intención de desechar tan pronto como el bebé naciera.

Así que, ¿qué estaba haciendo ahora en su cama? ¿Qué significaba eso?

¿Y por qué estaba su cuerpo en alerta?

El calor que él desprendía calentaba la cama, un calor que se filtraba bajo su piel, haciéndole hervir la sangre.

Paolo cambió de postura. Ella contenía el aliento preguntándose cómo iba a poder deshacerse de su brazo sin molestarlo y dónde podría encontrar su bata cuando consiguiera escapar de él.

La mano de Paolo se deslizó por su cintura, por sus caderas y ella brincó involuntariamente.

–Has dormido mucho –dijo él–. Debías estar muy cansada.

Su voz sonaba ronca como es típico a esa hora de la mañana, pero aun así, le llegó como una pura dosis de testosterona. No necesitaba girarse para saber cómo estaba. Su voz iba unida a lo visual. Tendría los ojos somnolientos y una barba de tres días.

Sabía exactamente cuál sería su apariencia.

Masculina.

Increíblemente sexy.

Y demasiado peligrosa.

–¿Qué ha pasado con mi ropa? –preguntó ella sin levantar la cabeza de la almohada tratando de tomarse con naturalidad el hecho de que había un hombre en la cama que no lo había estado la noche anterior–. ¿Quién me desnudó?

–Lo hice yo –respondió él–. ¿Te resulta un problema?

Ella se humedeció los labios.

–¿Tú qué crees? –dijo ella dándose cuenta de que su intento de ponerle a la defensiva había sido en vano. Deseó no haber hecho nunca esa pregunta.

Paolo retiró la mano y se incorporó apoyándose sobre un codo.

–Mírame –dijo él.

–¿Por qué? –vaciló ella.

–Sólo mírame.

Manteniendo la ropa de cama firmemente sujeta contra ella, se incorporó para mirarlo.

–No tienes por qué hacer eso –le dijo señalando la ropa de cama con la que se cubría–. Lo he visto todo antes. Y volví a verlo todo anoche. No tienes secretos para mí.

Helene se sonrojó.

–¿Qué es lo que te hace pensar que tienes ese derecho?

–¡Soy tu marido!

—¡Debes estar bromeando! Eres mi guardián, mi carcelero. Me has apresado aquí hasta que de a luz a tu hijo, pero de ahí a ser mi marido... No lo creo. No creo que entiendas el significado de esa palabra.

—Soy tu marido a los ojos de la ley y...

—¡Entonces la ley es una tomadura de pelo!

—Quizá tengas razón —dijo tratando de contener su furia—, pero eso no cambia nada. Soy tu marido y te desnudaré si lo creo conveniente.

—¿Y debo creer que eso es supuestamente lo que hiciste anoche?

—¿Acaso importa?

—¡Naturalmente que importa! Estaba dormida. Podrías haberte aprovechado de mí.

Paolo arqueó las cejas. Parecía divertirse.

—¿No crees que es un poco tarde ya para preocuparte por tu virtud? Hay quien incluso podría pensar que eres tú quien se está aprovechando de mí. Tú fuiste la que afirmabas estar protegida, ¿recuerdas?

—¡Eso no es así! —insistió ella—. Ni siquiera te molestaste en preguntar hasta que hicimos el amor la primera vez y entonces ya era demasiado tarde. Y no afirmé estar protegida. Creí estar segura y eso fue lo que te dije. Pero ahora eso ya no tiene importancia. Nada de eso te da libre acceso a mi cuerpo.

—No parecías poner objeciones al hecho de hacer el amor conmigo anoche. Por el contrario, parecías bastante complaciente.

—Nosotros no hicimos...

Sus ojos no le dijeron nada.

—Desafortunadamente no, no lo hicimos. Pero podríamos haberlo hecho. No tengo ninguna duda de ello.

—No —insistió ella enfáticamente agitando la cabeza aunque el recuerdo de su sueño le decía que se estaba engañando a sí misma–. Mira, Paolo, esto no es justo. ¿Acaso no es suficiente tenerme aquí retenida hasta que tenga el bebé? No pensaba que también esperases dormir conmigo. No pensé que esperaras...

–Estamos casados –dijo echando hacia atrás la ropa de cama para levantarse y mostrar su desnudez sin ningún pudor–, aunque no tenga ni la menor idea de lo que supone ser un marido. Estamos bien juntos en la cama, así que no veo por qué no podemos disfrutar de ello mientras estés aquí.

Sus crueles palabras cayeron sobre su corazón como lluvia ácida.

¿Podía ser tan insensible y cruel como para pensar que podría utilizarla sexualmente mientras estuviera prisionera allí y después deshacerse de ella? Eso era demasiado. Era demasiado doloroso. No podía creer que lo estuviera diciendo en serio.

Helene quería apartar la mirada de su cuerpo desnudo mientras él se dirigía al baño contiguo. Al menos eso sería un modo de protesta. Le mostraría que no le importaba, que su cuerpo no la atraía para nada. Pero no podía. La magia de sus andares, la belleza de sus formas incluido el tamaño de su virilidad, hacían que no pudiera apartar la vista y que no pudiera negar la verdad de lo que él había dicho.

Estaban bien en la cama juntos.

Y podrían estarlo otra vez.

Pero, ¿por qué tendría que ser bajo sus normas?

Tragó saliva mientras la idea tomaba forma en su cabeza. Quizá había una manera de hacer que todo aquello funcionara y atraer a Paolo hacia ella.

Quizá no tenía que luchar contra ello.

La esperanza le hizo recuperar la confianza. Paolo no sabía dónde se estaba metiendo. No tenía ni idea de la maravillosa herramienta que le había brindado porque, lo que él quería de ella, podía utilizarlo para llegar hasta él.

Y aquella noche en París lo había hecho. Había llegado hasta él. De ninguna otra forma se hubiera molestado en ir a buscarla a Nueva York. Aquella primera noche juntos en su apartamento él había combatido los sentimientos de culpa que tenía por haber perdido a Sapphy, los había compartido con ella y juntos habían encontrado una manera de sobrellevarlos, al menos, temporalmente.

Y ahora había algo más que un contrato matrimonial entre ellos. Habían creado una nueva vida. La vida de su hijo.

¿Podría volver a llegar hasta él? ¿Hacer el amor con él de nuevo le haría cambiar de actitud?

Tenía que hacerlo. Porque el hombre que ella conocía como Paolo no podía haber desaparecido. Él la había salvado de un matrimonio en contra de su voluntad porque era un hombre íntegro, un hombre apasionado. Que ese Paolo fuera ahora fácil de encontrar podía resultar disuasorio, pero sabía que aún estaba ahí escondido en algún lugar entre las capas de pérdida y dolor. Tenía que estarlo.

Y quizá, sólo quizá, podría ella encontrar un camino para descubrir al verdadero Paolo si es que, después de todo, existía alguna oportunidad para ellos.

Capítulo 7

LAS RISAS de los niños les dieron la bienvenida a su regreso de la clínica señalando la llegada de María, su marido y sus dos hijos. Carmela había planeado lo que parecía ser, por los aromas que provenían de la gran cocina, un festín para el almuerzo.

Carmela se apresuró a darles la bienvenida y preguntarles por el bebé.

—*Buono* —le respondió Paolo a su madre mientras ella lo abrazaba—. Parece que las cosas no pueden ir mejor.

Helene lo miró de reojo. Paolo le había preguntado al doctor cuándo podrían tener relaciones sexuales sin que hubiera ningún riesgo para el embarazo. Pregunta ante la cual, Helene se había quedado totalmente sorprendida. Ahora tenía sentido el porqué no había llegado más lejos anoche. No quería dañar al bebé.

Pero ahora que ya tenía la respuesta, ¿cuánto tiempo tardaría en aprovecharse de ella? ¿Lo haría esa misma noche?

Ella tenía que centrarse en aparentar normalidad, en saludar a su hermana pequeña, a su marido y sus dos hijos, Vincenzo y Annabella. Pero, ¿cómo se las apañaría para aparentar cierta normalidad cuando su cuerpo se estaba preparando para una celebración totalmente diferente?

Paolo subió a hombros a Vincenzo y miró a su alrededor. Sus ojos se toparon con los de ella. El deseo ardía en las profundidades de sus ojos negros. Él también estaba pensando en lo mismo.

Definitivamente, sería esa noche.

Ella apartó la mirada, pero no puedo evitar que el calor se apoderara de su cuerpo. A pesar de las crueles palabras que habían intercambiado por la mañana, su anhelo no había cesado.

Helene trató de convencerse de que su excitación tenía algo que ver con la oportunidad de poder poner en práctica su plan, pero sabía que estaba mintiendo. Su excitación tenía que ver con saber que él la quería, que ella lo quería. Su excitación era meramente primaria.

Después de comer las mujeres la convencieron para salir de la cocina y marcharse a descansar. Caminó hacia el patio atraída por las risas que de allí provenían. Carlo estaba apoyado contra la balaustrada fumándose un cigarro mientras que Paolo estaba a cuatro patas haciendo de poni para sus sobrinos.

—Es muy bueno con los niños —dijo Helene acercándose a Carlo.

—Paolo será un gran padre —dijo el guapo italiano muy seguro de sí mismo—. Durante mucho tiempo ha parecido ansiar tener una familia. Pensábamos que iba a casarse antes, pero nunca se atrevió a dar el gran paso —dijo girándose hacia ella sonriendo—. Hasta que tú apareciste.

Helene se sentía demasiado incómoda para contestar. Todos esperaban que Paolo se hubiera casado con Sapphire. No hacía falta que Carlo mencionara su nombre para saber en quién estaba pensando. Habían sido pareja durante más de dos años. Las columnas de cotilleo habían anunciado su boda en varias ocasiones. La familia debía haber pensado que su compromiso era inminente. Luego Sapphire se marchó y, de repente, allí estaba ella, la nueva señora de Mancini. Y encima embarazada.

Ninguno de ellos conocía la verdad. La verdadera razón por la que nunca se casó con Sapphire ni ninguna otra, la razón por la que nunca antes había podido formar una familia. Helene no lo había hecho posible.

¿La familia de Paolo se lo echaría en cara de la misma forma en que él lo había hecho? ¿Le apoyarían en su plan de querer apartar al niño de ella? Quizá lo harían.

Helene sintió escalofríos.

–Deberías relajarte –dijo Carlo obviamente consciente de que algo en su rostro había cambiado–. Sí, las noticias de vuestra boda y de vuestra futura paternidad nos pillaron a todos por sorpresa, pero son muy buenas noticias para la familia y, por supuesto, para Paolo. Lo veo más feliz que nunca.

¿Ah, sí? Helene miró hacia donde Paolo jugaba con sus sobrinos. En un par de años su propio hijo estaría haciendo lo mismo con él, jugar con su papá en el césped. ¿Estaría ella allí para verlo? ¿Para ser testigo de la felicidad de su hijo?

Nada le gustaría más que poder presenciarlo. ¿Por qué estaría tan ansioso por deshacerse de ella? Había aún muchas cosas que no comprendía sobre él.

–¿Qué le sucedió al padre de Paolo? –le preguntó por fin a Carlo–. Paolo no parece querer hablar de él y me da vergüenza preguntarle a María o a su madre.

Carlo apuró su cigarro antes de apagarlo en un cenicero cercano.

–No. Lamentan mucho su pérdida todavía. Murió justo antes de que Vincenzo naciera. Él se llama así por su abuelo.

–¿Qué sucedió?

–Tenía cáncer. Se sometió a varias operaciones para extirpar los tumores. Después siguió tratamientos de quimioterapia y radioterapia, pero el proceso comenzaba una y otra vez. Estuvo enfermo durante años luchando contra la enfermedad. Carmela siempre estuvo a su lado, apoyándolo. Fue una época muy difícil.

–Pero al final murió.

Carlo retrocedió para apoyar los brazos en la balaustrada y observar a Paolo y los niños.

–No. Después de años combatiendo la enfermedad por fin logró vencerla. Los médicos anunciaron su remisión. Todo el mundo estaba contento. Todo el mundo se reunió aquí para celebrarlo, primos, tíos, amigos… Paolo estaba en Alemania trabajando en un caso y voló especialmente desde allí para asistir a la celebración.

Carlo hizo una pausa. Helene esperó que continuara, pero sabía que la historia no tendría un final feliz.

–Paolo nunca llegó a ver a su padre. Después de años de luchar contra la enfermedad y recuperar al fin su vida, Vincenzo la perdió en la fracción de un segundo en la *autostrada*. Un camión fuera de control se estrelló contra su coche.

–¡Oh, Dios mío! –dijo horrorizada–. ¡Qué cosa tan horrible para Vincenzo, para todo el mundo!

–Paolo fue quien peor lo pasó –continuó Carlo–. Su padre quiso darle una sorpresa y mostrarle lo recuperado que estaba. Iba de camino al aeropuerto a recogerle cuando sufrió el accidente.

Helene se estremeció. Era horrible pararse a pensarlo. Lo que debía haber sido una grata bienvenida se convirtió en una tragedia.

Carlo se encogió de hombros, cruzando los brazos

mientras apoyaba la espalda contra la balaustrada. La expresión de su rostro había cambiado al relatar lo sucedido. Estaba claro que la muerte de Vincenzo había dejado huella en la familia incluso para aquéllos que no eran familiares directos.

–Paolo se lo tomó muy mal. Ellos siempre habían estado muy unidos. Se sintió estafado. Justo cuando iba a recuperar a su padre, le fue arrebatado para siempre. Por supuesto, se culpo a sí mismo. Si su padre no hubiera ido a recogerle, el accidente nunca habría ocurrido.

«Arrebatado».

Se le heló la sangre. Ahora todo tenía sentido. Paolo había perdido a su padre y poco después a Sapphire. Sin duda estaba decidido a no perder a su hijo. Por eso era que estaba tan obsesionado con controlar su vida.

Paolo era un hombre que ya había perdido demasiado.

¿Sería ella capaz de darle algo que pudiera ayudarlo a olvidar el dolor que le habían causado todas aquellas pérdidas? ¿Sería capaz de hacerlo en tan sólo unos meses?

Quería intentarlo.

Necesitaba intentarlo.

El futuro de todos dependía de ello.

Paolo se levantó. Llevaba a los niños en brazos y les iba diciendo que les llevaba junto a su papá. Pero cuando miró hacia el balcón no fueron los ojos de su cuñado los que se toparon con los suyos, sino los de ella.

Allí estaba Helene contra la balaustrada. Lo había estado mirando. ¿Qué estaría pensando? ¿Por qué lo observaba?

Al verla, el deseo volvió a apoderarse de él. Deseo

que, desde que habían visto al especialista por la mañana, había ido creciendo más y más. Ni siquiera la energía de dos niños pequeños podía sofocar las ráfagas de sangre que se apoderaban de su cuerpo al pensar en lo que iba a hacer esa misma noche.

Pero aquella mañana ella se había enfadado tanto ante la idea de compartir cama para algo más que dormir que no tenía mucha esperanza de que ella estuviera tan ilusionada como él. Sin embargo, había algo en su mirada que le hacía pensar que ahora ella quería algo más que discutir con él.

La pálida piel de su garganta estaba pidiendo a gritos ser besada, el seductor tejido de su falda deseando ser puesto a un lado para que sus manos pudieran deslizarse por la suave piel de sus muslos hasta donde pudiera perderse dentro de ella. Y esa manera de mirarlo…

La voz de Carlo interrumpió sus pensamientos.

—Paolo —dijo riéndose como si no fuera la primera vez que había intentado captar su atención—. Baja a los niños. *Nonna* tiene *gelati* para ellos.

—*Gelati!* —gritaron al unísono.

Paolo les soltó. Les siguió con la mirada hasta que entraron en la casa y después miró a Helene. Sin decir una palabra llegó hasta donde estaban.

—Son unos niños preciosos —dijo ella después de un rato—. Y obviamente les encanta el *gelati*.

—A todos los niños les gusta el helado —dijo él—. ¿Quieres tú un poco? Estoy seguro de que *Nonna* tiene suficiente como para un ejército entero de Mancinis.

—No —dijo ella tomando aire—. ¿Y tú?

—Lo que quiero ahora no es helado.

—¿Qué es…? ¿Qué es lo que…? —ella paró y lo miró de frente, como si la incertidumbre hubiera sofocado sus palabras.

–¿Qué es lo que quiero? –dijo él deslizando su mano por su pelo haciendo la mínima presión para atraerla hacia él.

Helene, insegura y expectante, dirigió la mirada hacia sus labios y sonrió.

Estaba segura de saber qué era lo que quería, pero aun así no iba a impedirle que él se lo dijera. Con ambas manos él la atrajo hacia sí y cuando sus labios estuvieron a la mínima distancia de los de ella, cuando pudo sentir el calor de su aliento mezclarse con el suyo y su cabello rozarle las mejillas, entonces se lo dijo.

–Te quiero a ti.

Capítulo 8

PAOLO se estremeció cuando sus labios se unieron a los de Helene, ágiles, flexibles y ligeramente separados como si ella estuviera preparada para ello. Era como si ella hubiera estado anhelando sus besos. Y ese pensamiento hizo más grande aún su deseo. Sabía tan bien... Era tan adictiva que en su pensamiento albergaba la esperanza de que ella le permitiera saborear sus delicias tal y como él le estaba dando señales de ello, presionándola fuertemente contra su erección de tal forma que ella no pudiera malinterpretar su intención.

Y no lo hacía si es que sus sutiles movimientos eran indicio de ello: sus caderas entre los muslos de él, los pechos firmes contra su pecho... Pero aunque sutiles, su efecto en el cuerpo de Paolo eran todo menos eso. Cada uno de sus leves movimientos era suficiente para hacerle querer actuar bajo sus propios instintos.

Se moría por meter las manos debajo de su falda, y poder tocar su carne. Su boca ansiaba poder lamer esos pezones que embestían su pecho. Pero aquél no era el lugar correcto. Por mucho que quisiera continuar, no podía ser allí. Los niños podrían regresar en cualquier momento.

Respirando irregularmente Paolo separó su boca de la suya. Los ojos de Helene estaban brillantes y luminosos y su carnosa boca, sonrosada. Para él era una tortura tener que separarse de ella.

–¿Tienes planes para esta tarde? –le preguntó, consciente de que no podría aguantar hasta por la noche.

Entonces la pasión resplandeció en sus verdes ojos.

–Ahora ya los tengo.

La victoria le hizo emitir un bramido mientras la mecía entre sus brazos. Después, su boca se volvió a encontrar con la suya en un silencioso beso. Apenas sentía el peso de ella entre sus brazos. Helene se arqueó contra él sin poner resistencia. Sus órganos y sus pechos parecían fundirse bajo su tacto.

Tan pronto como estuvieran solos se desharía de las ropas que les cubrían. Deseaba tener de nuevo entre sus labios sus excitados pezones. La noche anterior los había saboreado, pero esa noche se colmaría de ellos.

El sonido de unos pasos les advirtió que ya no estaban solos. Paolo lamentó no haber escapado antes. Levantó la cabeza para ver a dos niños pequeños observando con curiosidad lo que estaba haciendo con su nueva tía.

Helene giró la cabeza y sonrió al ver las caras de los niños.

–¿Qué están diciendo? –le preguntó a Paolo prometiéndose a sí misma empezar a estudiar italiano lo antes posible para poder comunicarse mejor con todos ellos.

Paolo suspiró.

–Les prometí llevarlos a la piscina después de comer. Se me había olvidado.

–Entonces debes ir con ellos. Vamos. ¡El último es un huevo podrido!

Los niños no entendieron sus palabras, pero captaron su optimismo. Pasaron un buen rato en la piscina.

Después, Carmela trajo unos refrescos y Helene se puso a secarse junto a ella en una tumbona mientras María secaba a sus dos hijos. Helene se bebió su refresco mientras observaba cómo Paolo nadaba en la piscina ahora que se había quedado solo. Ya había perdido la cuenta de cuántos largos se había hecho cuando Carmela volvió a llenarle el vaso de bebida.

—Parece que mi hijo tiene al demonio en los talones. Incluso relajado es siempre tan enérgico…

—Me he dado cuenta de que siempre juega para ganar, sea lo que sea.

Carmela asintió.

—Es cierto. En ese sentido es igual que su padre. Una vez que estaba decidido, no había nada que pudiera pararle.

Carmela apartó la mirada, pero Helene sabía que estaba pensando que ni toda la determinación del mundo pudo salvarlo de una muerte tan injusta.

—Debe echarlo mucho de menos.

Carmela asintió de nuevo girando la cabeza hacia ella. Tenía los ojos llorosos.

—Me siento mal porque no haya podido conocer a sus nietos. Estaba tan ilusionado con el nacimiento del primer hijo de María. Sé que los habría querido tanto… Pero ahora debemos centrarnos en el presente —dijo tomándole la mano—. Estoy tan contenta de que Paolo te haya encontrado. Parecía haber estado perdido durante tanto tiempo, tan inseguro de encontrar su lugar en el mundo a pesar de todo el éxito del que disfruta…

—Su hijo es un buen hombre, Carmela.

—Lo sé. Y sé que le harás muy feliz. Un hijo es lo que necesita para dar sentido a su vida.

Ambas se giraron para mirar a Paolo que aún nadaba en la piscina. Helene no podía mirarlo sin evitar pensar qué estarían haciendo si no les hubieran interrumpido.

Toda esa energía, esa intensidad… Sus largos brazos, sus fuertes piernas estarían entrelazadas con las suyas. Esas estrechas caderas estarían presionando contra las suyas, moviéndose para colmarla de placer.

Oh, Dios, sólo tenía que mirarlo para que surgieran mil ideas.

–¿Qué hay de tus padres, Helene? ¿Están contentos? Espero que no estén disgustados porque hayas venido a vivir con nosotros.

Helene parpadeó para dejar la mirada fija en el vaso.

–Ni siquiera estoy segura de que les importe –empezó a decir cuando se dio cuenta de que Carmela la miraba asombrada–. No sé nada de mis padres desde que tenía diecisiete años.

–Oh, pero eso es terrible. ¿Cómo habéis podido llegar a eso? ¿Y cómo es que no quieren enterarse de algo tan maravilloso?

–Carmela –dijo ella, tratando de calmar a la madre de Paolo–, está bien, de veras. No estaba de acuerdo con algo que querían que hiciera y eso fue todo.

–¿Qué fue lo que querían que hicieras? –preguntó ella.

–Concertaron mi matrimonio con el hijo de un compañero de negocios de mi padre con el objetivo de cerrar una gran operación. Yo me negué –dudó, pensando en cuánto podría contarle sin involucrar a Paolo en ello–. Así que me escapé.

–¡Naturalmente! –suspiró Carmela estrechando la mano de Helene–. ¿Así que no tienes familia en Inglaterra ni en ningún otro sitio? Entonces es mejor que estés aquí. Nosotros cuidaremos de ti –dijo moviéndose para abrazarla–. Ésta es tu casa ahora. Nosotros somos tu familia.

–Gracias –susurró ella devolviéndole el abrazo intentado deshacer el nudo que le oprimía la garganta.

Ella siempre se las había apañado sola. Había conseguido tener éxito en la vida por sí misma. Había llegado a la conclusión de que no necesitaba a nadie, pero aun así las palabras de Carmela habían hecho que se emocionara.

Pertenecer a una familia, a una verdadera familia, era más de lo que nunca habría esperado. Los planes que Paolo tenía para ella podrían no ser a largo plazo y sus propios planes de intentar ganárselo bien podrían no surtir efecto, pero al menos su familia la había aceptado. Y eso le hacía sentir tan bien…

–Gracias, Carmela. No sabe cuánto significa para mí.

–Para nosotros es un honor que formes parte de la familia. Ahora voy dentro para comprobar si María necesita ayuda con los niños.

–¿Puedo hacer algo?

–No –dijo impidiendo que se levantara–. Le hemos prometido a los niños llevarles al mercado. Tú quédate y descansa, pero asegúrate de protegerte. Tu piel es demasiado delicada para nuestro sol –le dio un beso en la mejilla prometiéndole volver a media tarde antes de encaminarse hacia la casa.

–Eso ha sonado muy cariñoso.

Su voz rebanó sus sentimientos cual si fuera una guadaña. Paolo estaba al borde de la piscina. Ella tragó saliva. No tenía idea de cuánto había oído, pero estaba segura de que no había dicho nada por lo que pudiera enfadarse.

–Tu madre es muy amable.

–No intimes demasiado con ella. No quiero que le hagas daño.

Dando impulso salió de la piscina.

–¿Cómo podría yo hacerle daño?

–Al marcharte.

Por supuesto. Cuando se marchara. Después de las cálidas palabras de Carmela, las de Paolo eran como el puro hielo.

–Ya veo –dijo ella–. Eso es por lo que ayer por la tarde cuando llegamos me miraste de aquella forma. Me estabas advirtiendo. No quieres que haga amistad con tu madre.

–Exacto –dijo agarrando una toalla para secarse la cara.

–Prefieres que sea grosera con ella para que se alegre cuando me marche. ¿Es eso lo que quieres?

–No seas ridícula –dijo tirando la toalla–. Simplemente mantén la distancia.

–Por eso es justamente por lo que me trajiste aquí, para mantener la distancia, ¿verdad? –dijo con voz irónica–. ¿Quién no lo habría pillado?

Helene se levantó, pero él le bloqueó el paso.

–Te traje aquí para cuidar de ti –dijo con los ojos llenos de furia y los tendones del cuello tensos.

–Entonces no tenías por qué haberte molestado. Soy perfectamente capaz de cuidar de mí misma.

Antes de que tuviera oportunidad de responder ella lo esquivó y se zambulló en la piscina, pero hacía falta más que un torrente de agua para poder sofocar su ira. Paolo no era el único que podía librarse de sus frustraciones haciendo unos largos. Helene comenzó a nadar. Una y otra vez, largo tras largo se deleitó en el sentimiento que le producía el poder moverse en un medio diferente. Así continuó, ignorando la quemazón de sus brazos por el trabajo constante. Estaba a punto de llegar hasta el otro extremo de la piscina pero, esta vez, algo le bloqueó el paso. Vio un par de piernas frente a ella. Sin dejar de nadar, cambió de dirección para salvar el obstáculo, pero de repente una mano la agarró de la muñeca y la paró en seco.

—¡Déjame!

—¡Para! ¡Basta ya! —le ordenó él—. Cálmate.

Ahora que la había agarrado de las dos muñecas no había forma de que se calmara.

—¿Qué crees que estás haciendo?

—Te estoy diciendo que pares.

—No consentiré que me des ordenes. ¡Suéltame! ¿Quién demonios crees que eres?

—¿Qué es lo que estás intentado hacer? ¿Quieres terminar agotada?

—No finjas preocuparte por mí. Sé que todo es mentira.

—Alguien tiene que cuidar de ti.

—¡Yo no te importo lo más mínimo! Me trajiste aquí sólo para controlar el embarazo. Realmente no quieres que esté aquí ni que me acerque a tu familia. Para ti sólo soy una incubadora andante. Lo único que te importa es el bebé.

—Ahí es donde te equivocas.

—¡Admítelo! Es la verdad.

—Sabes que eso no es cierto —dijo de repente con voz suave y tranquila. Había dejado de luchar—. Sabes que ésa no es la única razón porque te quiero aquí. Sabes que te quiero por mucho más que eso.

Helene dejó escapar un suspiro a través de sus labios ligeramente separados mientras se recuperaba de su sesión de natación y el consiguiente torrente de argumentos. Bajo su bañador de lycra, su pecho mostraba la irregularidad de su respiración poniendo de relieve la forma de sus senos y la dureza de sus pezones cosa que, no escapó a la atención de Paolo. A pesar de la frescura del agua, él sentía cómo el fuego crecía en su interior.

Paolo sonrió y asintió con la cabeza.

—Veo que estamos en la misma onda.

Paolo le soltó las muñecas. Aprovenchando el silencio y el asombro de ella, la rodeó de las caderas para hacer que se aproximara más a él. Con las manos, ella le rodeó los hombros. Su pelo caía en ondas, su rostro tenía una expresión salvaje en la que sus labios parecían anhelantes, temblorosos.

—Paolo —le susurró—. Paolo.

Capítulo 9

*D*IO! PAOLO tomó aire. ¡Lo que le había hecho su voz! Parecía haberse filtrado en un su interior y llegado hasta los más recónditos lugares. Estrechó a Helene más fuerte contra él. Entonces fue ella la que gimió cuando sus cuerpos se encontraron y él la levantaba para alinear sus caderas con las suyas para que no hubiera la menor duda de su intención.

Una mano la estrechaba contra él mientras que la otra se deslizaba peligrosamente por su espalda hasta llegar a su cuello. Paolo sentía su piel húmeda y suave, sentía la firme presión de su cuerpo contra el suyo, sentía el latir de su corazón a través de los dedos posados en su garganta. Él gimió. Aquello no era suficiente. Había mucho más. Y se moría por sentirlo.

Paolo se inclinó y su boca se posó sobre la de ella. Sabía ligeramente salada por el agua de la piscina, pero a la vez tibia y lozana como una sirena. La boca de ella se abrió para florecer bajo la suya, permitiéndole saborear más de ella. Mientras se dejaban llevar por los besos, los hombros de ella parecían derretirse contra él y, sin la menor dificultad, Paolo echó a un lado los tirantes de su traje de baño.

A pesar de su resistencia, Helene consiguió apartar la cabeza. Ahora no podía perderla. No cuando la tenía tan cerca.

Ella miraba alrededor, nerviosa.

—Tu familia, los niños…

—Carlo los ha llevado al centro. No regresarán en horas.

Helene volvió a centrarse en él. El verde de sus ojos relucía a la luz del sol. Él apartó las manos de ella de sus hombros dejando caer los tirantes del bañador. Después, sin apartar la mirada de sus ojos, volvió a levantarle los brazos para echárselos por el cuello y besarla solemnemente.

—Eres tan bella —le dijo—. Sabes, he soñado con este momento desde aquella noche en París.

Los ojos de ella se agrandaron. Cuando la miraba, apenas podía contener el aliento.

—Haz el amor conmigo, Helene.

Por un instante ella se mantuvo quieta, pero el pulso entrecortado que latía en su garganta la traicionaba. Después se agarró con más fuerza a su cuello, elevándose hasta que sus labios alcanzaron los suyos. Ahora eran sus labios los que le invitaban, su lengua la que buscaba introducirse en su boca. Paolo no tenía intención de rechazar su ofrecimiento. La excitación corría por sus venas mientras ella daba rienda suelta a su pasión. Ambos se sumergieron en el agua, girando sobre la superficie con las bocas entrelazadas desafiando la necesidad de respirar.

Entonces ambos subieron a la superficie, intentando recuperar oxígeno que les diera energía para avivar el fuego que habían comenzado. Ésta era la mujer que él había conocido en París. Esto era lo que él había ansiado tanto.

Sus manos la despojaron del resto de su bañador deleitándose en el tacto de su piel y sus pechos mientras se deslizaban hasta la curva de su cintura y sus caderas. Todas las partes de su cuerpo eran perfectas. Toda ella podía ser suya.

Era suya.

El calor le había inundado las entrañas. Paolo se quitó el bañador en tiempo récord. Él la condujo hasta las escaleras, apoyándola contra ellas, pero arropándola con sus brazos para que ellos le amortiguaran la espalda. Entonces su boca no pudo resistir más lo que sus manos habían estado redescubriendo. Casi de mala gana, separó su boca de ella para dejar un reguero de besos por su garganta y su pecho hasta donde sus senos flotaban firmes, húmedos y seductores en la superficie.

Emitiendo un leve gemido de placer se introdujo uno de los pezones en la boca. Sintió cómo el cuerpo de ella se derretía ante sus movimientos y, como resultado, el suyo también reaccionó.

Ella le acariciaba la espalda. Su tacto le resultaba algo incendiario. El arco de su espalda, el movimiento de sus caderas… Todo iba bien, todo era perfecto.

Paolo levantó la cabeza para encontrar su otro pezón. Quería saborear más de ella, quería saborearla toda entera pero, como en aquella noche en París, había una necesidad más compulsiva, una necesidad más urgente.

Su boca volvió a encontrarse con la de ella, ardiente, expectante. El agua que había entre ellos había desaparecido por la presión de sus cuerpos. Ella se movió para acomodarle de forma que pudiera deslizarse entre sus muslos y poder llegar al lugar que él había estado soñando durante meses. Quería tomarse su tiempo, quería alargar ese momento, pero no había forma de poder hacerlo, no teniéndola entre sus brazos, en ese lugar en el que ambos pronto estarían unidos.

Entonces su deseo se hizo realidad. La penetró primero despacio, de manera incitante, haciendo que ambos se volvieran locos de deseo hasta que Paolo puso fin a sus anhelos con una sola pero hábil embestida que pareció parar el mundo. Ella tensó los músculos alrededor de él, sintiendo cómo cada sensación se magnificaba. Sintió la frescura de su piel y el calor líquido de su interior mientras el agua los mecía. Y sintió cómo ella pronunciaba su nombre.

Y cuando él comenzó a moverse, ella respondió y sus movimientos se sincronizaron en una danza más antigua que el tiempo, un ritmo gobernado por el cosmos. Ambos se dejaron llevar, alcanzando el cielo y las estrellas. Paolo sintió cómo ella llegaba al éxtasis, sintió cómo se desmoronaba entre sus brazos y eso fue todo lo que necesitaba para saber que ahora él también podía acompañarla hasta allí.

La espléndida tarde dio paso a los oscuros tonos del ocaso, pero antes de eso ya se habían marchado de la piscina. Tras recuperar el aliento y una vez que sus miembros podían ya soportarlos, se dirigieron hacia su habitación. Como queriendo recuperar el tiempo perdido en estos últimos meses, en cada una de las paradas hasta llegar allí, se vieron tentados a hacer el amor.

Ella apoyó la cabeza en uno de sus brazos. El rostro de él estaba tan cerca del suyo que su cálido aliento se posaba sobre el de ella como un bálsamo.

Paolo era el más maravilloso de los amantes: fuerte, considerado, insaciable… Todas y cada una de las partes de su cuerpo se sentían amadas y agradecidas.

Ella lo miró. Tenía los ojos cerrados y su respiración era regular y constante. No estaba dormido, lo sabía. Simplemente estaba dormitando tal y como ella había hecho, disfrutando de aquella paz entre sesión y sesión. Porque volverían a hacer el amor. Estaba segura de ello.

Pero aún había más. Ella esperaba que aquello fuera una oportunidad para llegar hasta él, para hacer que se diera cuenta de que ella tenía más que un bebé que ofrecerle, que podía llegar a ser algo más que una esposa temporal.

Él no le había hecho el amor como si fuera una extraña, como una persona que no le importaba nada. Eso era imposible.

Incorporándose, le besó ligeramente en las comisuras de la boca.

—Gracias —le susurró.

Sin abrir los ojos le dedicó una perezosa sonrisa.

—¿A qué se deben?

—A todo —dijo acurrucándose contra su hombro.

Entonces él levantó la cabeza haciendo que la cabeza de ella se deslizara por su brazo. Había preguntas en sus ojos.

—¿Estás bien?

Ella parpadeó.

—Estoy bien.

—¿No te habré hecho daño a ti o…?

—¿O al bebé? —dijo ella terminado la frase por él, sintiendo cómo el calor que sentía en su interior se disipaba al reconocer qué era su mayor preocupación—. Estoy segura de que no le hemos hecho ningún daño.

—¿Entonces por qué de repente pareces estar tan triste?

Helene fingió una sonrisa.

—Será que me has dejado exhausta.

Esta vez la sonrisa de su cara le daba una expresión petulante.

–¿Quiere eso decir que ya has tenido bastante?

–Oh, no –le dijo devolviéndole la sonrisa –. ¡En absoluto!

–Bien. Porque aún no he terminado contigo. Ni mucho menos.

Paolo la giró sobre su espalda de modo que Helene quedó sentada a horcajadas sobre él. La evidencia de su virilidad de nuevo hizo presencia entre ellos dos.

Ella tragó saliva mientras Paolo le acariciaba los pechos y ella sentía que el calor se apoderaba de su cuerpo.

–¿No crees que deberíamos bajar a reunirnos con los otros?

–Bajaremos. Cuando hayamos terminado.

El deseo de Paolo no pareció disminuir en los días siguientes. A los ojos de todo el mundo eran una pareja inseparable de recién casados. Paolo parecía más feliz ahora que la tensión que había manifestado en Nueva York se había disipado. Incluso había comenzado a hacerla partícipe de las conversaciones que mantenía con su madre después de la cena. En un primer momento ella se había mostrado reacia, pero él había insistido en que ella participara y sus conversaciones nocturnas casi se habían convertido en un ritual.

Durante el día Paolo hacía turismo con ella. La llevó a Milán y la enseñó la ciudad de la que estaba orgulloso de pertenecer. Pasaron horas visitando el *Duomo* de Milán, el *Castello Sforzesco* y los museos y las colecciones que albergaba, caminando animosamente por las calles agarrados del brazo haciendo paradas de vez en cuando en algunos cafés y pastelerías. Pero cuando llegaron a la *Vía Monte Napoleone* el comportamiento de Paolo cambió de repente. Su expresión se volvió tensa.

Helene no tuvo que preguntarle. La tienda mostraba el nombre del diseñador en letras grandes. Bacelli. Estaban en el corazón del mundo de la moda y aquélla era la boutique donde Sapphire había trabajado.

El corazón se le encogió. Debería haber supuesto que se necesitaba algo más que sexo para hacerle olvidar el dolor de perder a Sapphire y aceptarla a ella por compañera. Sin embargo, a medida que los días pasaban, se habían convencido de que estaba progresando. Ahora sólo tenía que mirar la angustia que reflejaba su rostro para saber que aún le quedaba mucho camino por recorrer.

—Debes echarla mucho de menos.

Paolo la miró sorprendido de que ella pudiera saber lo que estaba pensando.

—La fallé. Se la puse en bandeja. Nunca podré perdonármelo.

Los ojos de Paolo estaban vacíos y carentes de esperanza. Parecían heridas abiertas cuyo dolor caía sobre ella como un rayo. Si no se podía perdonar a sí mismo, ¿cómo podría jamás perdonarla a ella?

Esa noche hicieron el amor, pero fue diferente. Fue algo mucho más dulce, más conmovedor, teñido de arrepentimiento y pena por todo lo que había perdido, por todo lo que había desperdiciado.

Ella quería aliviarle con su amor, hacerle olvidar su dolor, su sentimiento de culpa, pero él no quería su amor. Nunca lo había hecho. La mujer que él amaba, la mujer cuyo amor quería, se había marchado, la había perdido y Helene era la única culpable de ello.

Así que mientras ambos se arrojaban a un abismo que, ella esperaba fuera suficiente para retenerlo, Helene quiso entregarle la única cosa que le quedaba. Su cuerpo.

Capítulo 10

PARECES feliz.

Helene sintió que las manos de Paolo le rodeaban la cintura y la atraían hacia él como si fuera un imán. Apartó la vista de las azules aguas del lago para mirarlo. Vestido con esa camisa de punto italiana y unos pantalones oscuros, con la brisa soplando contra su pecho, estaba tan guapo que se sentía orgullosa de él.

Él bien podría no ser suyo, pero estaba con él. Y eso bastaba para atraer la mirada de envidia de las mujeres que pasaban por su lado pero, ¿quién podía culparlas?

–¿Cómo podría no estarlo en un sitio como éste?

Ambos contemplaron el paisaje. Paolo la había llevado al lago Como. No estaba muy lejos de su casa familiar fuera del bullicioso Milán, pero aun así era un mundo completamente diferente al ritmo frenético de la ciudad.

El efecto total era de paz y serenidad. Era imposible no sentirse bien allí. Pero había algo más que eso. En los últimos días él la había hecho sentirse más y más especial. Habían hecho el amor de forma más dulce, más tierna, más sosegada y en ocasiones incluso había llegado a pensar que estaba empezando a quererla aunque fuera sólo un poco.

Él la agarró haciendo que se girara para mirarla de frente. Había algo que ensombrecía los ojos de Paolo.

–Ven –dijo posando una mano en el hombro de

ella–. Busquemos un sitio donde comer. Tenemos que hablar.

De repente el temor se apoderó de ella. Habían estado hablando durante días sin discutir en ningún momento. ¿A qué venía ahora tanta seriedad?

–¿Sobre qué? –preguntó ella intentando mantener la voz firme.

Sin contestarla, Paolo la condujo hasta una mesa apartada en una *trattoria*.

–¿De qué quieres hablar? –volvió a preguntarle.

Paolo se recostó en su silla. Helene tenía la impresión de que no iba a darle buenas noticias.

–El caso en el que estaba trabajando en Nueva York… Han surgido complicaciones, una apelación. Tengo que acortar mi descanso y volver para continuar con el caso.

–¡Pero es tu bufete de abogados! Tú eres el socio director. ¿Es que no pueden encontrar a otra persona?

–No hay nadie más. Conozco el caso mejor que ningún otro. No puedo dejarlo ahora. Estamos demasiado cerca.

–Pero, ¿trabajarás desde la oficina de Milán?

Sus ojos permanecieron fijos en los de ella, pero Helene no obtuvo la respuesta que quería.

–¿Entonces…?

–Habrá veces en las que tenga que estar en Nueva York. Es inevitable. Intentaré pasar el mayor tiempo posible en Milán.

–Ya veo –dijo bruscamente tal y como era su intención.

–¿Qué es lo que ves?

–Que no puedes soportar el hecho de que alguien se ocupe de tu caso. Te gusta demasiado controlarlo todo como para dejarlo.

Paolo suspiró mientras se incorporaba de nuevo en su silla.

–Esperaba que lo entendieras.

–Por supuesto que lo entiendo. Después de todo, estás siguiendo una larga tradición.

Paolo frunció el ceño.

–¿De qué estás hablando?

–Así es como se supone que todo buen cavernícola debe actuar. Primero debe arrastrar a la mujer hasta su cueva para criar a sus hijos y después dejarla mientras él se va a cazar dinosaurios.

–¡No seas melodramática!

–¡No puedo creer que vayas a hacerme esto! Hiciste que dejara toda mi vida para traerme aquí y poder controlarme. Y ahora vuelves a marcharte a Nueva York. No lo comprendo. ¿O es que acaso los honorarios son tan altos como para no poder confiar en que otra persona se ocupe del caso?

La furia hizo que su expresión se tensara mientras la miraba en silencio. Había vuelto a enojarlo. ¿Qué esperaba? Paolo no tenía ni idea de cuánto le estaba costando todo aquello. Si quería que él se enamorara de ella, que su plan funcionara, necesitaba que estuviera allí para poder mostrarle todo lo que tenía que ofrecerle. Estaba claro que en los últimos días él había sido mucho más afable. Helene estaba progresando, pero no podría seguir haciéndolo si él se marchaba a Nueva York. Así nunca podrían resolver sus diferencias.

–Quizá debería ir contigo.

Ésa era la solución perfecta. Tendría que trabajar muchas horas, pero al menos pasarían algún tiempo juntos.

–No –dijo él–. Estarás mejor aquí.

–¿Y qué se supone que debo hacer yo mientras tú trabajas?

–Divertirte, descansar.

–¿Y después de hacerme la manicura e ir a la peluquería?

–Te ofrezco una vida llena de lujos y aun así le encuentras pegas. Te estoy diciendo que puedes pasar los días como mejor te convenga: ir de compras, hacer turismo, tomar el sol en la piscina… Cualquier persona estaría encantada con este estilo de vida.

–¿Puedo pasar los días como mejor me convenga? Entonces tengo una idea mejor –dijo de repente inclinándose hacia delante en la silla–. Puedo trabajar aquí, en Milán, para el Instituto Internacional de la Mujer. No es necesario que acuda a trabajar a la oficina. Puedo arreglarlo todo para trabajar desde casa, convertir un dormitorio en un despacho y recibir trabajo online.

–¡No!

La brusquedad de su contestación la hizo echarse hacia atrás.

–Pero…

–No tienes por qué trabajar.

–Me gusta hacerlo. Soy buena en mi trabajo y además es muy importante para mí.

–No permitiré que trabajes. Eso no formaba parte de nuestro acuerdo.

–¿Nuestro acuerdo? Nunca fue nuestro acuerdo. Siempre ha sido lo que tú has querido. No me has tenido en consideración ni una sola vez.

–No obstante, no trabajarás.

–¡Pero tú sí lo harás! ¿Por qué no puedo yo hacer lo mismo?

–No es un tema que merezca la pena discutir.

–¡Oh, sí! ¡Por supuesto que lo es! Necesito hacer

algo. Quizá mi trabajo no te parezca tan importante como el tuyo, pero el Instituto Internacional de la Mujer es muy importante para la vida de las mujeres de todo el mundo, especialmente para las de los países del Tercer Mundo. ¿Por qué no debería seguir trabajando mientras estoy aquí? ¿Cuál es tu problema? ¿Es que acaso no tienes ya suficiente dinero?

–Olvídate de tu trabajo. Ahora el bebé es tu única responsabilidad.

Ella se giró, incapaz de mirar en su dirección, preguntándose si alguna vez sería capaz de llegar hasta él. Pero no obtuvo respuestas en el ambiente ruidoso del restaurante. Helene supo entonces que tenía que enfrentarse a él.

–Quiero saber –dijo girándose–, si vas a controlar la vida de este bebé como controlas la mía. ¿Vas a agobiarle y decirle lo que hacer? ¿Vas a tomar las decisiones por él? Porque si es así ya empiezo a sentir lástima por él. A veces me haces desear que no existiera el bebé.

–¡No permitiré que hables así de nuestro hijo!

Pronunció aquellas palabras con tranquilidad, pero su intensidad la hicieron sentir su fuerza. ¿Acaso creía que deseaba perder el niño? ¿Cómo podría pensar algo así?

Helene deslizó la mano hasta su vientre, allí donde su cintura se estaba ensanchando notablemente. Paolo podía querer controlar la vida de su hijo, pero todavía era hijo suyo, siempre lo sería y ella lo amaría para siempre.

–No quise decir…

–Es demasiado tarde para desear terminar con esto ahora –la cortó él–. Existe un bebé y todos viviremos con las consecuencias.

«¿Acaso no lo estamos haciendo ya?», pensó ella mientras el camarero llegaba con la comida.

–Ahora que todo está arreglado –dijo después de que el camarero llenara sus copas de agua y se marchara–, hay algo más que quiero discutir contigo.

–No está arreglado, Paolo –dijo ella con voz firme–. Si tú vas a estar en Nueva York no veo cómo vas a impedirme trabajar. Además, es la única forma de mantener el contacto con lo que está pasando en la oficina. Si no lo hago, estaré totalmente perdida cuando vuelva el año que viene.

–De eso es precisamente de lo que quería hablarte –dijo él–. No vas a volver.

Capítulo 11

QUÉ QUIERES decir?
—No hay razón por la que debas volver.
—Pero es mi trabajo…

—Hay un trabajo más importante que hacer aquí. Tendrás un hijo al que cuidar.

El corazón de Helene dio un brinco. La esperanza se desplegaba dentro de ella cautelosamente. Ya se había llevado decepciones antes, así que no podía dejarse llevar por las ilusiones otra vez.

—Tú, ¿quieres que me quede?

Casi no podía pronunciar las palabras. Era inconcebible que la postura de Paolo hubiera cambiado hasta llegar al extremo de querer que se quedara, especialmente, tras la discusión de hacía cinco minutos.

—Creo —empezó a decir, deseando que los temas de hoy hubieran sido totalmente diferentes. Sabía que ella no se alegraría de tener que dejar su trabajo así que, ¿por qué había mencionado él primero su necesidad de regresar al suyo? Sólo había empeorado la situación cuando todo lo que él quería era que ella antepusiera su hijo a su trabajo—, que no hay razón alguna por la que debas regresar a París una vez el bebé haya nacido.

El corazón le latía tan fuerte que casi no podía pronunciar palabra.

—Y, ¿por qué?

–El niño te necesitará. Deberías amamantarlo. Carmela y María dicen que es lo mejor para el bebé.

–¿Eso dicen?

Su tono no le dio muchos ánimos, pero Paolo no iba a detenerse ahora.

–¿Tienes algo en contra de la lactancia materna?

–Nunca he dicho eso.

Paolo examinó su rostro intentando ver la verdad entre aquellos ojos verdes y sus frías palabras, pero fue incapaz de borrar de su mente la imagen que le asediaba desde que su madre le había preguntado si Helene tenía la intención de darle el pecho a su hijo.

Su hijo mamando los cremosos pechos de Helene, sus labios firmemente aferrados a sus pezones.

Paolo quería verlo.

Y esa imagen le hacía arder de una forma que nunca hubiera imaginado. Lo sorprendía, pero no tenía nada que ver con el sexo. Era algo mucho más instintivo, algo que le hacía pensar que aquella sería una grata experiencia.

Tragó saliva intentando centrar su pensamiento en el presente. Tenía que convencerla para que se quedara.

–¿Acaso no quieres lo mejor para nuestro hijo?

–Por su puesto que sí.

–Entonces, quédate y cuida de él.

La incertidumbre giraba en sus ojos. ¿Pero qué estaba pensando? ¿Estaba comparando el trabajo con su hijo?

–¿Cuánto tiempo exactamente tendré que estar dándole el pecho?

Paolo apretó la mandíbula. Tenía razón. Ahora ella estaba calculando cuánto tiempo estaría apartada del trabajo, hasta cuándo podría alargar su baja maternal sin poner en peligro su puesto. Paolo dejó escapar un suspiro que puso de manifiesto su decepción.

—Carmela y el resto de la familia te tienen mucho aprecio. Todos se han acostumbrado ya a ti. Se sentirá desconsolada cuando te marches a París.

— En Nueva York me dijiste que se sobrepondría.

Él asintió.

—Pero aun así será muy duro para ella. Y para los niños. Ellos ya te quieren como si fueras su tía. ¿Hay alguna razón por la que deban llevarse un disgusto?

—¿Acaso quedarme más tiempo se lo pondrá más fácil? No entiendo lo que me estás diciendo, Paolo. ¿Qué es exactamente lo que me propones? Creo que será mejor que lo sueltes.

—Es muy sencillo. Mi familia cree que somos marido y mujer y te han aceptado en la familia. Además, nuestro primer hijo nacerá antes de Navidad.

—Espera. ¿Has dicho nuestro primer hijo?

—Exacto —dijo él al fin—. Tanto si te gusta como si no, este hijo nos une. ¿Por qué no deberíamos aprovechar entonces esta oportunidad? Quiero tener más hijos —se encogió de hombros—. A mi familia le gustas. ¿Por qué deberíamos separarnos? ¿Por qué no permanecer juntos y tener más hijos contigo?

Helene no entendía mucho de proposiciones, pero estaba segura de que serían dulces, románticas y no como ésa. Pero aun así debería estar loca si lo dudara. Aquello era lo que quería y esperaba que sucediera, que Paolo olvidara la idea de deshacerse de ella tan pronto como el bebé naciera y le pidiera que se quedara con él y con el bebé. Eso era exactamente lo que deseaba.

Salvo que así no era como ella lo había planeado. Ella esperaba que él le pidiera que se quedara porque se había dado cuenta de que la quería.

Que la amaba.

—A ver si lo entiendo —empezó a decir ella—. ¿Quieres mantener el acuerdo que hay entre nosotros?

—Claro, tiene sentido. El bebé tendrá un padre y una madre con los que crecer y quizá, en un futuro, hermanos y hermanas.

—¿Y crees que funcionaría?

—¿Por qué no? Has sido feliz en las últimas semanas, ¿no? Y también hemos comprobado lo compatibles que somos.

—La compatibilidad en la cama no es la base de una relación.

—No, pero sí es algo muy importante. La mayoría de las parejas no comparte lo que nosotros.

Quizá fuera cierto pero, ¿acaso no sentía nada por ella? ¿No quería que Helene se quedara por todo lo que podía darle y no sólo por el bebé y su familia?

Tenía que saberlo.

—¿Y qué hay del amor? ¿Dónde queda en todo esto?

Ya está. Ya lo había dicho. No tenía idea de adónde le conduciría aquella pregunta. No tenía idea de cómo confesarle su amor, pero la pregunta ya estaba en el aire.

—Ambos sabemos por qué estamos aquí —dijo él—. Si no fuera por el bebé tú estarías en París y yo probablemente nunca me hubiera marchado de Nueva York. Tenemos que ser realistas. Éste no es un matrimonio normal ni mucho menos, pero yo estoy preparado para vivir con ello. La cuestión es, ¿lo estás tú?

«Si no fuera por el bebé». Sus palabras flotaban en

su mente. Si no existiera el bebé ellos no estarían juntos. Era tan simple como eso.

Se le hizo un nudo en la garganta, no podía tragar. Y encima su vaso estaba medio vacío.

—¿Y qué gano yo en todo esto? Aparte del sexo, claro —dijo ella desafiándole incluso cuando temía que él cambiara de opinión y se negara a continuar con su acuerdo. Después de todo, además de pertenecer a una verdadera familia, podría tenerlo a él y a su hijo. A sus hijos.

Podría tener exactamente lo que deseaba.

Pero aquélla no era la forma en que lo deseaba.

Así no le bastaba.

Los ojos de Paolo irradiaban fuego. Estaba enfadado, pero ella también lo estaba y no tenía forma de parar ahora.

—He dejado mi trabajo, mi apartamento y básicamente mi vida entera. Dime, Paolo, ¿qué me das a cambio de una relación basada en el sexo en la que actuar como la incubadora de tus hijos?

—Creo que he cometido un error —dijo él entre dientes—. Pensé que eso era lo que querías.

—¡Pensaste que eso era lo que quería! —dijo agitando la cabeza—. No lo entiendo. ¿Qué es lo que te da derecho a decidir o incluso pensar lo que puede ser mejor para mí? ¿No se te ha ocurrido nunca que yo misma puedo saber lo que quiero? ¿Quién te crees que eres? ¿Mi padre?

Paolo se puso rígido.

—¿Qué estás diciendo?

—Él también tenía planes para mí. Y tampoco me preguntó nunca mi opinión.

—¡Yo te salvé de tu padre!

—Sé que lo hiciste una vez, pero ahora te estás comportando de la misma forma que él. Pensé que me había librado de un maniático que controlara mi vida, pero eso fue hasta que tú llegaste.

Su respiración era irregular y sus mejillas estaban tan coloradas que estaba claro que su enfado se había trasladado a algo más que palabras.

Él no dijo nada, pero miró a su reloj levantándose de la silla suspirando.

—Es hora de que regresemos.

Sin esperarla, entregó un puñado de billetes al camarero y salió del restaurante.

Ninguno de los dos habló de regreso a casa, pero la forma en que él conducía ponía de manifiesto cómo se sentía. Ella agradecía el silencio. Su discusión y el sol le habían causado dolor de cabeza.

Paolo detuvo el coche en el patio y se metió directamente en la casa.

—¿Qué tal en el lago? ¿Os ha gustado? —les gritó Carmela desde el jardín mientras se acercaba al coche.

—Es precioso —contestó Helene mientras Carmela le daba un abrazo—. No sabía que fuera tan bonito. Tenéis suerte de tenerlo tan cerca.

—¿Dónde está Paolo? —preguntó Carmela mirando a su alrededor—. Pensé que tomaríamos café juntos. Sin duda tendrá prisa en organizarlo todo. Es una pena que tenga que marcharse tan pronto.

—¿Tan pronto?

Carmela se detuvo girándose hacia ella. Frunció el ceño ligeramente.

—¿No te ha contado lo del viaje a Nueva York? Se marcha esta noche.

—Oh, sí —dijo Helene tratando de ocultar su sorpresa

por el hecho de que se marchara tan pronto–. Naturalmente.

Helene se encaminó hacia el dormitorio para encontrarse con Paolo. A pesar de que no le apetecía mucho hacerlo después del día que había tenido, debía pe-
dirle disculpas. Entró en el dormitorio y observó que,
sobre el baúl a los pies de su cama, había una maleta
abierta.

Paolo salió del armario llevando camisas y un puñado de corbatas de seda. Él la vio allí, apoyada en la
puerta, pero decidió continuar empacando.

–¿Por qué no me dijiste que te marchabas tan
pronto?

–¿Acaso habría importado?

Le importaba mucho más de lo que él imaginaba.

–¿Por cuánto tiempo te marchas?

Paolo seguía doblando cuidadosamente sus camisas
yendo y viendo al armario.

–Una semana. Quizá dos.

El corazón le dio un brinco. No quería que se marchara. Quería estar con él. Por las noches, le encantaba
acurrucarse a su lado después de que hubieran hecho el
amor. Después de años durmiendo sola ahora no quería volver a eso.

–Tu madre y yo hemos tenido una larga conversación. Me ha dicho que ni tú ni el despacho recibiréis
remuneración alguna por el caso en el que estáis trabajando. Sé que vas a prestar tus servicios sin recibir
nada a cambio.

–Así es –dijo él encogiéndose de hombros–. Y qué.

–Quiero pedirte disculpas por haberte dicho que
aceptabas el caso por dinero. No tenía ni idea.

—Tienes razón. No necesito el dinero.

—No me lo estás poniendo muy fácil —le acusó ella.

—Tienes muy mala opinión de mí, ¿por qué debería sorprenderme?

—Bueno, sólo quería que supieras que lo siento.

Dadas las circunstancias sus disculpas sonaban totalmente inadecuadas. Mientras tomaban café, Carmela le había estado contando sobre la demanda colectiva en la que el bufete de abogados de Paolo estaba luchando contra un cártel de importantes empresas farmacéuticas en tres continentes. Helene conocía los detalles más básicos por los periódicos, pero no tenía ni idea de que el bufete de Paolo interviniera en el caso.

—Sabía que estabas trabajando en algo grande, pero no sabía lo importante que era.

—Y si lo estuviera haciendo por dinero, ¿no sería importante? Me temo que no entiendo tu concepto de importancia, Helene. Por ejemplo, ¿qué es lo que te hace creer que tu trabajo es más importante que tener este hijo?

—¡Eso no es verdad!

—Entonces, ¿por qué estás tan decidida a marcharte a París y seguir con tu vida como si este hijo nunca hubiera sido concebido?

—Yo nunca he dicho eso. Tú solito has llegado a esa conclusión.

—Entonces, ¿por qué estuvimos discutiendo esta tarde? Dejaste muy claro que optabas por volver al trabajo en vez de criar a tu hijo.

—¿Optar? No recuerdo haber discutido nada contigo que tuviera que ver con hacer una elección o que se me brindara una. Me dijiste lo que habías decidido. Esperabas que me acoplara a tu plan exactamente como has estado haciendo desde que reapareciste en mi vida. Así que no me hables sobre lo que he decidido hacer porque eres la persona menos adecuada en el mundo para hacerlo. Ni siquiera te has molestado nunca en consultarme al respecto.

Paolo nunca había pensado en el verde como un color cálido, pero la forma en que sus ojos brillaban ahora le decían lo contrario. Eran como rayos láser y sus mejillas sonrosadas y la respiración irregular visible en su pecho ponían de manifiesto el fuego que sentía dentro.

Paolo tomó aire mientras sentía que su cuerpo se revolvía. Había una extraña energía en ella aquella noche, una pasión que incendiaba sus propios deseos. Ella era tan bella... pero furiosa como estaba era espectacular. Paolo observó cómo su pecho se elevaba una y otra vez conteniendo un grito ahogado.

Extrañaría sus pechos. Echaría de menos la forma en la que respondían en su boca. Echaría de menos su sabor.

La echaría de menos a toda ella.

Ahora no quería que estuviera enfadada. Quería que su pecho se elevara por una razón totalmente diferente.

Antes de marcharse tendría que poseerla por última vez.

Dejando escapar una carcajada que aliviara la tensión que había en el dormitorio, posó las manos sobre los hombros de ella.

—Te estás tomando las cosas demasiado en serio. Mi hermana me advirtió que las mujeres embarazadas están muy sensibles. Debí haberlo recordado hoy. Podía haberte librado de un arranque de ira y de tener que pedir disculpas.

—¡No! —dijo apartándole las manos de sus hombros—. No me trates con condescendencia. Esto no tiene nada que ver con estar embarazada.

–Entonces dime, ¿de qué se trata? –le preguntó acercándose a ella y deslizando una mano sobre su cuello.

El cambio de tono de Paolo la pilló desprevenida. Ahora sus ojos parecían demasiado grandes para su cara, su piel tan pálida que casi parecía traslúcida y su respiración tan entrecortada que evidenciaba una agitación interna distinta.

–Se trata de que yo pueda tomar mis propias decisiones –dijo suavemente mientras inclinaba su cabeza hacia el calor de su mano a pesar de que Paolo veía en sus ojos su lucha interior por no hacerlo.

–¿Y yo no te dejo hacerlo?

Su otra mano siguió el rastro de la otra y de esa forma Paolo posó los antebrazos sobre los hombros de ella, acariciándole la nuca con la punta de los dedos.

Helene cerró los ojos.

–No. Esperas que actúe como tu Ferrari.

–¿Eso hago?

Paolo se acercó más a ella, rozándole la frente con los labios y los dedos entrelazados en su pelo.

–¡Lo haces! Giras a la izquierda y tu coche va a la izquierda. Giras a la derecha y tu coche va a la derecha.

–¿Qué puedo decir? –respondió él mientras deslizaba las manos por su espalda estrechándola más contra él–. Es un coche.

–Pero yo no lo soy. Sin embargo, esperas manejarme de la misma forma –dio un grito ahogado mientras sus manos encontraban el camino por debajo de su falda y se introducían por el borde de sus medias.

Paolo sofocó el gemido de ella con su propia boca, presionando sus labios contra los de ella.

Helene elevó sus manos hasta los hombros de él

colgándose de él para evitar caerse. Lo miró a los ojos con curiosidad.

–Tu problema es que no soportas que me resista a tu sometimiento, que no me deje manejar. Debes aceptar que a veces quiera ir por libre y que soy capaz de cuidar de mí misma.

Paolo deslizó sus labios por su garganta mientras sus dedos se abrían camino hacia su pubis acariciándola suavemente y descubriendo su calor íntimo y húmedo.

–*Dio!* –pronunció él–. Tengo un problema.

–¿Estás de acuerdo?

–Nunca he conocido a nadie que me haga sentir tan inepto. No tengo control sobre lo que a ti se refiere. Quererte me está volviendo loco.

La carne de ella cada vez estaba más húmeda, su aliento más sofocado.

–Sabes que no es eso a lo que me refiero.

–Pero es cierto. Así que lo dejo en tus manos.

Despacio, de mala gana, retiró la mano de su pubis y apartó las manos de ella. Helene parpadeaba, parecía mareada tras haber perdido su fuente de apoyo.

–¿Qué quieres? Te doy la oportunidad de que elijas si quieres que ahora hagamos el amor o no. Tú decides.

Pero después de sus sensuales caricias, el cuerpo de Helene ya estaba preparado para recibir sexo. Se sentía receptiva y su respiración ponía de relieve su ansia por llegar hasta sólo él sabía llevarla. Así que, ¿qué opción le estaba dando? Ninguna en absoluto.

Paolo pensaba que la tenía. Estaba seguro de ello. El deseo se reflejaba en sus oscuros y seguros ojos mientras esperaba que se decidiera. Pero, aunque para tomar esa decisión se necesitara todo el autocontrol del que fuera capaz, ése no era el tipo de decisión que ella quería tomar.

Ella le dejó que permaneciera allí, mirándola y entonces despacio, sensualmente deslizó las manos hasta cruzarlas sobre su top como si fuera a quitárselo. Los ojos de Paolo siguieron cada uno de los movimientos. Ella podía ver el deseo en sus pupilas, podía saborear su ansia.

—En realidad –dijo cruzando inocentemente los brazos–, dado que te vas tan pronto, creo que no es buena idea interrumpirte cuando estás haciendo la maleta.

Como acto reflejo sus ojos se agrandaron por su sorpresa.

—¿Me estás diciendo que no?

Helene arqueó las cejas.

—A menos que realmente quieras hacerlo…

Paolo la tomó allí mismo, apasionadamente, desesperadamente, elevando sus piernas y sujetándolas alrededor de él hasta que las últimas oleadas hicieron caer sus piernas para buscar apoyo y ambos cayeron en la cama para hacer el amor una y otra vez.

—Tengo que marcharme –le susurró al oído besándola dulcemente. Ella debía haber estado durmiendo mientras él se duchaba y se vestía–. Mi coche llegará enseguida.

La pesadez se apoderó de sus músculos y la sombra del dolor de cabeza que había tenido en el lago se presentaba ahora con más fuerza. Incluso el bienestar que solía sentir tras hacer el amor se había visto sustituido por un insistente dolor. Un repentino momento de pánico se apoderó de ella mientras se incorporaba.

—No quiero que te marches.

—Tengo que irme –dijo él–. Pero sobre lo que hablamos a la hora del almuerzo –dijo asintiendo con la cabeza–. Tienes razón. Nunca te he preguntado lo que querías, pero sé que podemos construir una familia alrededor de este niño –volvió a besarla dulcemente en los labios, agarró su chaqueta, su maletín y se dirigió hacia la puerta.

El corazón le latía con fuerza en el pecho. ¿Debía decirle que lo amaba antes de que se marchara? ¿Contarle la verdad, decirle que lo amaba y que se quedaría a su lado para siempre fueran cuales fuesen las condiciones?

–Paolo –justo cuando estaba a punto de pronunciar las palabras supo que no podía hacerlo. Él no podía amarla, no si se marchaba tan de repente dejándola de esta forma. La última cosa que querría oír sería escucharla decir que lo amaba. Ahora nunca la creería.

Pero no podía dejar que se marchara así, sin que le ofreciera algo a lo que poder aferrarse.

–Necesito preguntarte algo antes de que te marches.
–¿Qué?
–Sé que este hijo es muy importante para ti y lo entiendo. También lo es para mí. Pero necesito saber –dijo meditando en silencio mientras él aguardaba–, si yo también te importo algo.

Paolo frunció el ceño como si la pregunta fuera demasiado fácil.

–Después de lo que acabamos de compartir, ¿aún tienes que preguntármelo? Por supuesto que me importas. Además del sexo, llevas a mi hijo en las entrañas.

El dolor la despertó de un sueño intermitente. Tenía unos dolores atroces y sufría calambres en su interior. Por unos instantes se temió lo peor, pero entonces el malestar le subió a la garganta y casi aliviada se dirigió al baño. Tenía que ser una intoxicación aunque sabía perfectamente que casi no había tocado su comida a la hora del almuerzo y que tampoco le había apetecido cenar. Pero tenía que serlo.

Capítulo 12

EL TAXI subió una pequeña cuesta y de repente el skyline de Manhattan apareció ante ellos. Sin embargo, Paolo no se sentía tan emocionado como normalmente lo hacía cuando se dirigía al aeropuerto pensando en la batalla que se le avecinaba. Esta vez no sentía ansias de ganar.

Por el contrario sus pensamientos se centraban en su hogar. Marcharse había sido la cosa más dura que había hecho en mucho tiempo y eso lo sorprendía. El hecho de no poder concentrarse durante todo el vuelo en el expediente que tenía frente a él era aún más perturbador.

Pero no estaba pensando en su hogar, estaba pensando en Helene. Era Helene y el hecho de que, aquella noche en París, se compadeciera de él. Lo que le obsesionaba era Helene y la expresión de su rostro justo antes de salir del dormitorio. Parecía tan frágil, tan triste. ¿Por qué se sentiría tan triste?

Helene le había preguntado qué significaba para él y él le había dicho exactamente lo importante que era. Aun así, su expresión parecía haberse entristecido y sus ojos se habían vuelto más cristalinos. ¿Acaso esperaba una respuesta diferente? ¿Quería algo más?

De repente recordó algo.

«¿Y qué hay del amor?», le había preguntado ella en el almuerzo. Él la había contestado sinceramente. Pero entonces, volver a preguntarle si ella era importante para él… ¿Adónde quería llegar? ¿Quería que le dijera que la amaba?

No podía ser. Después de todo, ella era la que quería poner fin a su relación. Era ella la que quería volver a París y retomar su carrera en cuanto le fuera posible, lo antes posible si es que la permitía tener su propio despacho en casa. Era ella la que lo rechazaba constantemente. Aquéllas no eran las acciones de una persona enamorada.

No. Paolo decidió que su relación era puramente física. Compartían buen sexo y el desarrollo del que sería su bebé. Eso bastaría para cualquier persona.

Había mucho tráfico y casi parecía imposible llegar al hotel, así que le pidió al conductor del taxi que le dejara cerca de la oficina. Allí al menos podría concentrarse en el caso y adelantar un poco del trabajo que no había podido realizar en el avión.

Para cuando se registró en el hotel se dio cuenta de que había estado despierto más horas de las que debía, pero por lo menos había podido progresar algo. Al día siguiente podría reunir al equipo.

—Oh, hay un mensaje para usted, señor —le dijo el conserje entregándole la llave de su habitación junto con el sobre.

Paolo lo agarró y lo abrió. El breve mensaje era de su madre.

Urgente. Llama a casa inmediatamente.

«¡Helene!»

Se volvió loco. Su mente reconoció que la emergencia podía deberse a cualquier miembro de su familia, pero instintivamente supo que era Helene la que estaba en peligro.

El pánico se apoderó de él mientras trataba de lograr una conexión internacional. No podría soportar el hecho de que Helene estuviera herida o algo peor. No podía sucederle nada. No ahora que era parte de él, una parte que nunca tenía intención de perder.

Por segunda vez volvió a equivocarse al marcar cuando, de repente, se dio cuenta. En ningún momento había pensado en el niño, Helene había sido su única preocupación. La verdad le sacudió el corazón. Ya no podía negarlo.

La amaba.

El temor se apoderó de su interior. La verdad estaba ahí, pero sus implicaciones le hacían tambalearse mientras se daba cuenta de todo.

Le había dicho a Helene que para él sólo era buen sexo y la madre de su hijo. Y al hacerlo pensó que era lo correcto, pero al recordar la tristeza de sus ojos al marcharse…

Dio! Ahora estaba al otro lado del mundo y ella no sabía que la amaba. Si la hubiera sucedido algo…

Golpeó las teclas del teléfono frenéticamente y después de una interminable espera al final pudo conseguir la conexión. La asistenta respondió al teléfono a pesar de que eran las cinco de la madrugada. Al oír la voz de Paolo la asistenta empezó a llorar inmediatamente. En tan sólo unos segundos sus peores temores se habían cumplido.

Se le heló la sangre.

Helene estaba en el hospital. Había perdido el bebé.

Se sentía vacía. Su interior se sentía vacío tras diecisiete semanas de gestación, vacío de sueños y esperanzas de futuro.

No había bebé. No tendría un precioso bebé que mecer en sus brazos, deditos a los que aferrar los suyos ni una carita que acariciar a la hora de dormir.

Ya no podía permanecer en la casa familiar de Paolo. Había pedido el alta en el hospital diciendo que estaría mejor en su propia cama, pero ya no había razón por la que debiera quedarse. Ya no tenía por qué seguir fingiendo.

Había perdido a su bebé.

Paolo no quería su amor.

Ya no había nada que pudiera ofrecerle.

La pena volvió a invadirla. Quería tanto tener ese hijo… A pesar de todos los acuerdos que Paolo había concretado sobre su custodia. Sabía que al final nada de eso la habría importado. Ése habría sido su hijo y ella lo hubiera amado y criado a pesar de todo. Le habría dado todo el amor que a ella le habían negado. Pasara lo que pasara, su bebé siempre tendría una madre.

Pero ahora ya no tenía la oportunidad de ser esa madre.

Ahora no tenía nada.

No tenía bebé, futuro ni esperanza de que Paolo la amara.

Era muy duro aceptarlo. Asimilar que estaba embarazada había sido difícil, pero aceptar que ya no lo estaba era mucho peor. Lo había negado incluso cuando tuvo la sensación de que algo se había desgarrado en su interior. Sólo cuando sintió correr un hilito de sangre por su muslo supo que ya no servía de nada engañarse a sí misma.

Tomó aire mientras repasaba mentalmente todo lo que necesitaba llevarse. Carmela y los médicos le habían recomendado permanecer en cama y descansar, pero estaba harta de estar inactiva, harta de pensar qué era lo que podía haber ido mal, qué era lo que ella había hecho mal.

Así que en vez de reposar empezó a empacar todo lo que pudiera llevarse en un bolso de viaje. Llamaría un taxi para que la recogiera. El resto del equipaje podrían enviárselo más tarde. Ahora tenía que marcharse. Tenía que irse antes de que él llegara.

Porque no había forma de que ella pudiera enfrentarse a él.

Había perdido a su hijo y sabía que Paolo nunca la perdonaría. No podría soportar otra escena. Además, ya no tenía sentido.

Ahora ya no había motivo para continuar con la farsa de su matrimonio, ya no había razón por la que él quisiera mantener su oferta de querer formar con ella una familia. Ella le había decepcionado y cuanto antes saliera de su vida, antes podría encontrar una mujer con quien casarse, alguien a quien realmente amase.

Recogió algunos objetos del tocador, posando los ojos sobre el pisapapeles que él le había regalado en Nueva York. Lo agarró mientras recordaba ese día. Paolo había querido controlarlo todo e insistido en gastar una fortuna en anillos cuando ella no se sentía, para nada, su novia. Y al final la había sorprendido regalándole el corazón. Entonces ella pensó que quizá podrían hacer que su historia funcionara, pero nunca lo haría. Había muchas cosas entre ellos, pero no había amor.

Ahora ya podría presentar los papeles del divorcio que había firmado hace tantos meses. Al fin podría librarse de ella.

De mala gana volvió a dejar el pisapapeles en la mesa. No quería tener nada que le recordara todo aquello. Nada que le hiciera lamentar lo que estaba haciendo. Pero estaba haciendo lo correcto. No tenía otra opción. Ahora que ya no estaba embarazada él no la necesitaba para nada. Paolo no querría que se quedara.

Y tenía que marcharse antes de que él le pidiera que lo hiciera.

Helene se quitó los anillos que él había insistido en comprarla y los dejó al lado del pisapapeles. Fuera lo que fuera lo que pensaran de ella tras su partida, al menos no podrían decir que se había marchado llevándose todo lo que pudiera.

Se le hizo un nudo en la garganta cuando pensó lo que estaba a punto de hacer, marcharse sin decirle una palabra a Carmela. No estaba bien, pero sabía que si se despedía de ella intentaría retenerla hasta que Paolo llegara. Y eso no podría soportarlo. Carmela no lo entendería porque no sabía la verdad. Y aquél no era el mejor momento para contársela.

Una vez hubo hecho el equipaje dejó una nota a Paolo junto a los anillos y el pisapapeles. Echó un último vistazo a la habitación en la que había sido tan feliz con Paolo, por lo menos en la cama. Tenía muy gratos recuerdos que llevarse con ella.

Pero había llegado el momento de pedir un taxi y marcharse. Tomó el auricular al mismo tiempo que el teléfono sonaba.

Se quedó helada. Había contestado a una llamada entrante. ¿Y si era Paolo el que llamaba? ¿Qué le diría?

Con el corazón latiendo deprisa se puso el auricular en el oído, pero era la voz de una mujer la que estaba al otro lado. Era una mujer que hablaba italiano con fluidez, pero con un ligero acento extranjero. Helene reconoció al instante el nombre de Paolo y parpadeó.

–Lo siento –dijo en inglés incapaz de responder en italiano–. Paolo no está en este momento. ¿Puedo ayudarla?

—¿Eres Helene? —contestó la voz al otro lado.

No podía hablar. ¿Por qué llamaría una extraña a un teléfono directo? ¿Por qué la conocía a ella? A menos, claro, que se tratara de…

—Por favor, ¿quién es? —dijo tratando de parecer lo más profesional posible.

—Soy Sapphire Clem… Bueno —dijo riéndose como si estuviera un poco nerviosa—, soy Sapphy. Soy una vieja amiga de Paolo. Necesito hablar con él.

«Oh, Dios».

Helene cerró los ojos tratando de apoyarse contra la mesa, deseando haberse machado antes.

De repente, el hecho de que ella hablara con acento tenía sentido. Era Sapphire Clemenger, la diseñadora de moda con la que él se habría casado a no ser por el hecho de que Paolo ya estaba casado con ella.

Pero, ¿cómo es que Sapphire conocía a Helene? ¿Y por qué llamaba a Paolo ahora? ¿Necesitaría ayuda para escapar de Khaled?

Helene tomó una nueva decisión. Ésta era su oportunidad de resolver el problema que había causado hace doce años. Ahora podría arreglar la situación entre Paolo y Sapphire. Ambos merecían estar juntos. Merecían ser felices.

—Lo siento —dijo ella al fin—. Paolo llegará a casa más tarde. ¿Puedes volver a llamarlo luego?

—No tendré ocasión —respondió Sapphire—. Estoy apunto de embarcar en un vuelo hacia Milán, pero es genial saber que estará allí. Por favor, hazle saber que estoy de camino.

Helene colgó el auricular descansando ambas manos sobre él mientras tomaba aliento. Era bueno que Sapphire viniera. Una lágrima se deslizó por su mejilla. Aunque tuviera el corazón roto, no era justo que

Paolo no fuera feliz. Después de todo lo que había hecho por ella, los años que había desperdiciado por su culpa, merecía tener una oportunidad para amar.

Helene volvió a tomar el auricular, pidió un taxi y después de secarse las lágrimas de los ojos salió tranquilamente de la casa.

Se había marchado. Ésa era la segunda vez que se marchaba dejándole una simple nota. Era culpable por no haber estado a su lado, culpable por ser de alguna forma responsable de lo que había pasado, por su insistencia en querer hacer el amor. Pero toda esa culpa se disipaba mientras Paolo leía el contenido de la breve nota una y otra vez.

Paolo,
No puedo quedarme después de lo que ha pasado. Lo siento. Sé lo que significaba para ti tener este bebé, pero quizá sea mejor de esta forma.
Ahora ya no es necesario seguir fingiendo.
Gracias por haberme rescatado hace tanto tiempo y por haber estado a mi lado durante todos estos años. Siento no haber podido recompensarte de mejor forma. Tú te mereces mucho más.
Adiós.

Helene.

Paolo inclinó la cabeza hacia atrás y gritó. Gritó como un animal salvaje expresando su angustia, desesperación y furia reprimida. ¿Cómo se atrevía a decir que quizá fuera mejor así?

Su hijo estaba muerto. ¿Cómo podría esa tragedia resultar en algo mejor para ellos?

Si acaso lo sería para ella. Helene quería poner fin a su acuerdo tan pronto como pudiera para escapar de él y volver a su vida y a su carrera. Este aborto debía haberle venido de perlas.

¡Y había imaginado que ella lo amaba! Él casi se había convencido a sí mismo de que la quería. Debía estar loco.

Helene estaba deseando marcharse de allí. Estaba deseando perderle de vista.

¡Y a eso lo llamaban amor!

Capítulo 13

SE HABÍA estado engañando a sí misma. Helene metió las últimas prendas de ropa en su lavadora antes de cargarla de detergente. Pensó que cuando se marchara de la casa familiar de Paolo no quedaría ningún rastro de él ni de lo que había pasado entre ellos, pero incluso su apartamento estaba lleno de recuerdos.

No lograba la paz que necesitaba en ningún sitio. Él estaba presente en cada lugar, desde la entrada en la que examinó los adornos de su chimenea hasta el dormitorio en el que habían hecho el amor y en el que aún imaginaba poder oler su fragancia.

Pero lo peor de todo era saber que había hecho lo correcto. Hacía ya dos semanas que había vuelto de Milán y no había tenido noticias de él. Paolo no había hecho el menor esfuerzo por ponerse en contacto con ella. Ella no esperaba que él la siguiera, pero el simple hecho de que no intentara contactar con ella confirmaba la corrección de sus actos. Marcharse había sido lo mejor para ambos.

Si sólo se sintiera mejor por haberlo hecho… Que Paolo fuera feliz era una cosa, pero que la hubiera dejado marcharse tan fácilmente era algo totalmente diferente. Eso dolía. Pero, ¿qué esperaba? Acababa de arreglarlo todo entre Paolo y su anterior amante.

Programó la lavadora pulsando los botones con mucha más fuerza de la necesaria antes de retirar de su cara los mechones de pelo que se le habían soltado de la coleta. Ahora no tenía sentido pensar qué habría pasado entre él y Sapphire después de que ella se hubiera marchado. No servía de nada torturarse imaginándoselos juntos. Tenía que olvidarlo.

Los ruidos procedentes del exterior la sobresaltaban. ¿Cuánto tiempo pasaría hasta que dejara de saltar cada vez que oía pasos en la escalera o el pasillo? ¿Cuándo dejaría de temer que el teléfono sonara? ¿Cuánto tiempo tardaría en volver a la normalidad?

Oyó un portazo. Después alguien llamó a su puerta. Trató de no hacerse ilusiones mientras se dirigía hacia la puerta, diciéndose a sí misma que sin duda sería Eugene que acababa de venir de la compra y le traía un cruasán o un trozo de brie. Pero el pánico se apoderó de ella cuando, al mirar por la mirilla, descubrió quién estaba al otro lado.

Paolo.

Un torbellino de emociones y sentimientos contradictorios invadió su interior. Casi no podía respirar. Paolo estaba allí. Como la primera vez en la que él apareció ante su puerta, sus ojos parecían salvajes y su rostro tenso. ¿Traería el mismo mensaje esta vez? ¿Sería por eso por lo que había venido? ¿Para entregarle en persona los documentos del divorcio? ¿O iba a aprovechar la oportunidad de decirle lo que no había podido en estas dos semanas?

Helene abrió la puerta recordándose que debía respirar.

Por un instante le pareció ver dulzura en sus ojos, pero cuando parpadeó no había ningún rastro de ella.

–Creo que tienes que darme una explicación –le dijo mientras entraba en su apartamento.

No había nada que ella pudiera hacer excepto seguirle.

–¿Por qué te marchaste? –le preguntó con las manos apoyadas en las caderas.

Paolo no iba a perder el tiempo con cortesías. Ni siquiera se había molestado en sentarse. Así es como iba a ser, así que se sujetó los mechones de pelo tras las orejas y cruzó los brazos.

–No podía quedarme.

–Querrás decir que no podías esperar a marcharte.

–Eso no es cierto.

–¿No? ¿Entonces no has vuelto al trabajo aún?

Ella apartó la mirada. El médico le había dicho que estaba en perfectas condiciones y hacía ya dos días que había empezado a trabajar. No era que estuviera desesperada por volver al trabajo como Paolo pensaba, pero eso le había parecido una opción mucho más saludable que quedarse en casa lamentándose de sí misma.

–Estabas deseando volver a tu trabajo.

–¿Y qué se supone que debía hacer? ¿Quedarme aquí hasta que tú llegaras y volvieras a controlarme? No, gracias. Ya he tenido bastante.

–Se suponía que debías descansar. No salir corriendo.

–¿Quién ha dicho que salí corriendo?

–Lo has estado haciendo toda tu vida. Huiste de tu padre, huiste sin decir una palabra la noche que compartimos juntos este mismo apartamento. Y aún lo sigues haciendo. Huiste de mi casa como si fueras una ladrona.

–Dadas las circunstancias, ¿quién se habría quedado?

–¡Cualquier persona normal! Acababas de sufrir un aborto, ¿recuerdas? ¿O es que estabas tan ansiosa por volver al trabajo que ese pequeño incidente no suponía el menor problema para ti?

–¿Cómo te atreves a decir eso? ¿Cómo podría olvidarlo? Fui yo quien estuvo allí. Fui yo quien sufrió los dolores. Fui yo quien sintió cómo mi bebé se desprendía de mi vientre.

Su voz se quebró al pronunciar las últimas palabras.

—Lo siento —dijo él acercándose a ella y posando sus manos sobre sus hombros—. No quise decir eso. No he venido aquí para discutir contigo.

—Entonces no vuelvas a decir nunca que perder nuestro bebé no ha significado nada para mí. No tienes idea de cuánto quería ese niño ni cuánto deseaba que todo saliera bien. Pero no fue así. Todo salió mal. Perdí a mi bebé.

Paolo la estrechó entre sus brazos mientras sollozaba.

—Nuestro bebé —dijo él—. Hemos perdido nuestro bebé.

Él la abrazó mientras lloraba. Durante dos semanas había estado evitando las lágrimas negándose a reconocer su pérdida, pero ahora no había forma de contenerlas.

—Lo siento —dijo él acariciándole la cabeza—. Debí estar allí contigo.

—Ahora ya no importa. No había nada que tú pudieras haber hecho.

—Nunca debí haberte dejado —insistió él—. Debió ser horrible. Mi madre me contó que los dolores fueron muy fuertes.

De mala gana recordó aquella noche.

—El peor dolor fue saber que no había nada que yo pudiera hacer, que no había esperanza para nuestro hijo.

Helene se soltó de sus brazos. Quería mostrarle lo fuerte que era, que podía sobrellevarlo para que cuando volviera con Sapphire nunca pudiera sospechar la verdad. Nunca sabría que lo amaba.

—Lo siento —dijo ella encogiéndose de hombros, consciente del dolor en sus ojos—. Ni siquiera sé por qué sucedió.

—Te hice el amor antes de marcharme —dijo él—. ¿Pude haberte herido? ¿Fue culpa mía?

Estaba tan angustiado que por un momento deseó estrechar su rostro entre sus manos y besarlo para que olvidara su dolor. Paolo no la estaba culpando y eso era lo último que esperaba. Ella sonrió, negándolo con la cabeza.

—En absoluto. Los médicos dicen que estas cosas simplemente pasan. Me aseguraron que no tiene nada que ver con ninguno de nosotros.

—Pero debe haber una razón…

Ella suspiró.

—He estado pensando sobre ello. Quizá nuestro bebé sabía que las cosas no iban bien entre nosotros. Quizá, de alguna manera, no quería nacer entre gente que no fuera realmente feliz por el hecho de que él llegara al mundo.

—¡Yo quería tener este hijo!

Ella levantó una mano para pararlo.

—¿Y crees que yo no? Por supuesto que sí. Pero ninguno de nosotros estaba contento sobre las circunstancias de su concepción. Ninguno de nosotros estaba feliz por verse forzado a estar juntos de la forma en que lo estuvimos. Ambos queríamos ese bebé pero quizá, aunque suene extraño, el bebé no nos quería a nosotros.

—Eso es una locura.

—Lo sé pero, ¿tienes tú una teoría mejor? ¿Quién querría nacer en el seno de una familia basada en la decepción?

Paolo agitó la cabeza mientras deambulaba por la habitación. Ella lo miraba, sentía su dolor y entendía su angustia. Como la noche en que llamó por primera vez a su puerta hacía cuatro meses, parecía no estar seguro de saber cuál era su lugar en el mundo y su arrogancia natural se había atenuado por su humanidad. A través de sus ojos Helene podía ver su lucha interior.

¿Pero cómo podía llegar a entenderse algo que no tenía sentido? ¿Cómo podía aclararse semejante misterio?

Después de un rato se detuvo y metió la mano en el bolsillo de su chaqueta.

—He empacado tus pertenencias, pero quería traerte algo.

Por un momento pensó que serían los anillos, pero lo que le entregó fue el pisapapeles en forma de corazón.

—¿Por qué no te lo llevaste? —preguntó Paolo.

—No podía soportar llevármelo —respondió ella con sinceridad mientras las lágrimas corrían por sus mejillas al recordar la ecografía—. Era muy doloroso para mí porque me recuerda a algo muy especial.

Paolo se acercó más para poder ver el corazón entre sus manos.

—La primera vez que lo vi en el mostrador del escaparate me hizo pensar en la ecografía.

Ella lo miró intentando contener las lágrimas. ¿Había visto él también el corazón de su hijo en el pisapapeles?

—¿Por qué has venido? —preguntó ella vacilante—. No habrás venido sólo a traerme esto.

—No —respondió él tomando aliento—. He presentado los papeles para tramitar nuestro divorcio.

Capítulo 14

LA HABITACIÓN parecía haberse quedado sin oxígeno.

–Ah, ya veo.

¿Cómo no parecer disgustada cuando el mundo se desmoronaba bajo tus pies? Helene sabía que eso sucedería, pero sin embargo las palabras de Paolo confirmaban que ahora que había perdido el bebé ya no la necesitaba. Estaba gustoso de librarse de ella.

Helene se sentó en el sillón fingiendo interés en colocar el pisapapeles de cristal en la mesa.

–Naturalmente me lo esperaba. Sé que nos ha llevado más tiempo de lo que se pensaba. ¿Quién habría imaginado que nuestro matrimonio duraría tanto? Ahora por fin podrás ser libre.

Paolo apretó los dientes.

–Si todo sale bien, no tengo intención de estar libre mucho tiempo. Tengo intención de casarme otra vez.

Sólo había una persona con la que podía casarse. No importaba que se lo hubiera imaginado al marcharse de Milán. Ahora era un hecho real, iba a suceder. Y eso le dolía mucho.

–Entiendo –dijo entre dientes–. ¿Cómo está Sapphire?

Paolo parpadeó sorprendido.

–¿Fue contigo con quien habló cuando llamó a casa?

Ella asintió.

—Lo siento. Me dijo que te dejara un mensaje, pero lo olvidé.

—No tiene importancia. Sapphire está muy bien. Mejor que bien. De hecho, nunca la he visto más feliz.

Cada una de sus palabras se clavaban como cuchillos en su alma. Paolo se divorciaría de ella para casarse con Sapphire. Otra vez volvería a estar sola.

—Estoy tan contenta —mintió—. Ambos merecéis ser felices después de todo lo que ha pasado. Me siento responsable de todo este lío. Tienes tanta razón... Si no hubiera huido de mi padre y mi matrimonio forzoso con Khaled, nada de esto habría ocurrido. Es justo que vosotros podáis salvaros y finalmente estar juntos.

—¿Juntos? —dijo frunciendo el ceño—. ¿Qué es lo que te hace pensar eso?

—Bueno, tú y Sapphire... Pensé que tú y ella... ahora que eres libre...

—¿Crees que voy a casarme con Sapphy?

—¿No es así?

—Ella ya está casada y va a seguir estándolo.

—¿Pero con Khaled?

—Lo sé. Cuesta creerlo, pero así es. Como te he dicho está más feliz que nunca. Está muy enamorada de él. De eso no hay duda.

—¿Y qué hay sobre él?

—Lo conocí el otro día. Vino con Sapphire. Ella no me dijo nada sobre él porque pensó que me negaría a conocerlo.

—¿Pero entonces lo viste? —preguntó con curiosidad—. Yo no podría hacerlo —dijo sintiendo un escalofrío—. Odiar a alguien durante tanto tiempo por haberse casado con su prometida... No creo que pudiera enfrentarme a eso.

—Yo pensaba lo mismo al principio, pero descubrí que le importaba más vengarse de mí que haberte perdido. También descubrí que él me culpaba por la repentina muerte de sus padres y eso es lo que le llevó a hacer lo que hizo.

—Pero eso es una locura. ¿Qué le haría pensar que tú tenías algo que ver con sus padres?

—Sus padres murieron en una avalancha en los Alpes el mismo día que se suponía debía casarse contigo.

—¡Oh, Dios mío! ¿Deberían haber estado en la boda en Londres en vez de en los Alpes? ¿Y te culpó por ello porque te casaste conmigo?

—Eso parece. Yo te aparté de su lado y frustré los planes de boda. Sus padres viajaron a los Alpes para sobreponerse al disgusto. Murieron en la avalancha junto a dos acompañantes.

—¡Es horrible! Pero, ¿ha venido a Milán con Sapphy? ¿Qué ha cambiado para que quiera conocerte después de todo lo que ha pasado?

—Sapphy lo ha cambiado. Parece ser que nunca habría intentado reconciliarse conmigo si no hubiera sido por su influencia. La ama con locura. Pero eso no es todo. Recientes acontecimientos en Jebbai han sembrado la duda acerca de las circunstancias de la tragedia. Parece ser que la avalancha no fue un accidente. Fue provocada por uno de sus acompañantes.

—¿Los padres de Khaled fueron asesinados?

—Sospechan que sí. La hija de los acompañantes estuvo involucrada recientemente en un atentado contra Khaled. Inicialmente se pensó que era en venganza por la muerte de sus padres, pero ahora parece que la familia entera estaba involucrada en acciones terroristas contra el emirato.

–Así que ahora Khaled sabe que tú no fuiste el responsable de la muerte de sus padres.

Paolo asintió.

–Pero aún hay más. Se cree que el plan inicial era llevar a cabo el atentado el día de la boda, el día de tu boda con Khaled. Todos podríamos haber muerto aquel día. Tú nos salvaste la vida aquel día. A todos, incluido Khaled. Es irónico, ¿no es cierto? Y todavía me culpa por haberle robado la esposa y destruir la vida de sus padres.

–Siempre pensé en ti como mi salvador, como alguien que me salvaba de un destino peor que la muerte, pero no sabía cuánta razón tenía. Me salvaste de algo más que un matrimonio forzoso con alguien a quien nunca quise. De hecho, casándote conmigo me salvaste la vida.

–Nada de esto se ha confirmado todavía. No estamos seguros de ello.

–Yo estoy segura –insistió ella–. Pero no sé cómo voy a poder pagártelo nunca.

–No te he contado todo esto para que pienses que tienes que pagármelo. Te lo he contado para que sepas que Khaled ya no es una amenaza para tu libertad.

Ella sonrió y se acercó a él para acariciarle el rostro.

–Tú has hecho más por mí que cualquier otra persona y sé que no hay nada que pueda ofrecerte a cambio. Sé que no hay razón alguna por la que debas mantener una relación conmigo en el futuro pero, por favor, si alguna vez necesitas algo, sea lo que sea, házmelo saber.

Paolo le tomó la mano para ponerla contra su mejilla.

–Hay algo que puedes hacer por mí –dijo en voz

baja y con una mirada tan intensa que estaba a punto de traspasarle el alma–. Cásate conmigo. Conviértete en mi esposa. Forma parte de mi vida para siempre.

Helene parpadeó.

–No puedes hablar en serio. Estamos, estuvimos casados. Ya has entregado los papeles para tramitar nuestro divorcio.

–No. Lo nuestro era un certificado matrimonial. Eso es todo. Nunca estuvimos casados realmente, no como es debido. Entregué esos papeles porque nuestro matrimonio nunca se había consumado. Debí haberlo hecho hace cuatro meses, pero no tuve el valor de hacerlo. No podía dar el paso que rompiera los lazos que nos unían, no después de haber pasado aquella noche contigo.

–Me dijiste que no habías tenido tiempo de entregarlos.

–Lo sé. Pero es que no podía decirte la verdad. Esa noche fue muy especial para mí. No estaba preparado para dejarte marchar tan fácilmente después de eso. Utilicé el hecho de que aún estábamos casados para obligarte a ir a Milán a pesar de que estaba claro que tú querías deshacerte de mí.

–¿Qué quieres decir con que estaba claro?

–Firmaste los papeles y los dejaste en un lugar donde no podía perderlos de vista. No había prisa. Podían haber esperado.

–¡Oh, Paolo! Cuando llegaste aquí tan desesperado pensé que eso era lo que querías, librarte de mí para siempre. Ya te he arrebatado bastantes cosas de tu vida.

Paolo agarró sus manos y las besó.

–Quiero que me des la oportunidad de empezar de nuevo contigo, Helene. Quiero un matrimonio real.

Esta vez, y esto es lo más duro para mí, no te diré lo que hacer y no te forzaré con nada. Esta vez serás tú quien decida.

No había forma de contener la risa. Se sentía tan feliz...

—No puedo creer que esto esté sucediendo. Pensé que estabas enfadado conmigo. Cuando no intentaste contactar conmigo pensé que no querías volver a verme nunca más.

—Siento haberte hecho pensar eso. Cuando descubrí que te habías ido me volví loco. Estaba enfadado por haber perdido al bebé y no podía pensar con lucidez. Mi madre, mi hermana e incluso Sapphy me dijeron que viniera a buscarte inmediatamente. Sin embargo yo pensé que podía olvidarte, pero cuando los días pasaban me di cuenta de que estaba enfadado por haber dejado que te marcharas sin decirte lo mucho que significabas para mí. Fue entonces cuando decidí venir a buscarte y decírtelo. Tenía que intentarlo aunque no sabía cuál sería tu reacción.

Ella tragó saliva temiendo que no fuera a decir lo que tanto ansiaba oír.

—Me enamoré de ti, Helene. Traté de negarlo, traté de esconderlo bajo mi ira y mi dolor. Traté de convencerme de que para mí sólo eras sexo y una madre para mi hijo. Pero la verdad siempre sale a relucir. Sé que tienes muchas razones para decirme que no, pero te suplico que me digas que sí. Por favor, cásate conmigo. Dame la oportunidad de empezar otra vez porque ya no soy capaz de vivir sin ti. Te quiero.

—Sí —dijo ella viendo cómo su propia felicidad se reflejaba en su rostro—. Me casaré contigo. Sí, te quiero. ¡Sí! ¡Sí! ¡Sí!

Riendo se arrojó a sus brazos y lo besó de tal forma

que ponía de manifiesto sus semanas de separación y el compromiso de un futuro en común.

Sin aliento, Paolo por fin separó sus labios de los de ella.

—¿Me quieres? ¿Has dicho que me quieres?

—Ya estaba enamorada de ti la primera vez que me casé contigo, pero esta vez te quiero mucho más.

—No tenía ni idea —dijo él mientras sus ojos deambulaban por su cara.

—Espera —dijo ella—. Vuelvo enseguida.

Helene se dirigió hacia su dormitorio, pero regresó en treinta segundos.

—Siempre te he querido, Paolo —dijo tomando su mano y deslizando sobre su dedo un anillo—. Ésta es la prueba de mi amor. En todos estos años en los que hemos estado separados traté de olvidarte, pero no lo conseguí. Pude sacarte de mi vida, pero no pude hacerlo de mi corazón.

Paolo se sorprendió al reconocer su viejo solitario de oro.

—¿Lo has conservado todo este tiempo?

—Todo el tiempo —sonrió ella—. Ahora quiero que lo lleves como prueba de mi eterno amor por ti.

Paolo agitó la cabeza y después frunció el ceño.

—¿Qué sucede? —preguntó ella.

Él sonrió.

—Estaba recordando algo que Sapphy me dijo cuando vino a casa. Me dijo que durante todo el tiempo que estuvimos juntos siempre sitió que una parte de mí nunca llegaría a ser suya. Era como si algo me retuviera.

—Pero tú no podías comprometerte con ella. No estando casado.

—No. Sapphy se refería a otra cosa y acabo de

darme cuenta de que tenía razón. Un trozo de papel nunca habría impedido que me entregara en cuerpo y alma. Nunca me habría impedido amarla. Pero lo hizo. Porque mi corazón ya tenía dueño. Tú.

—¿Me estás diciendo que me has querido todos estos años?

—Creo que he debido hacerlo. No quería que Khaled te tuviera. De eso estoy seguro. ¿Por qué me habría casado contigo si no te hubiera querido?

—Pero nosotros nunca… Quiero decir, tú no…

—Debía estar loco. No quería aprovecharme de ti esa noche. No quería que pensaras que esperaba sexo como recompensa por lo que había hecho. No cuanto estaba completamente seguro de mis motivos.

—Debes estar bromeando. ¿Me has querido todo este tiempo y te das cuenta ahora?

—Culpable —dijo él atrayéndola contra él para poder acariciar con sus labios la suave piel de su cuello.

—Entonces creo que tenemos que recuperar todo el tiempo perdido.

Paolo posó sus labios sobre los de ella y ambos se fundieron en un beso después de que él le dijera.

—¿Y cuándo empezamos?

Bianca®

¿Sería aquella aventura un titular de un solo día o una historia duradera?

La periodista Amelia Jacobs tenía en sus manos la exclusiva que podría lanzarla al estrellato: una entrevista con el millonario Vaughan Mason, el hombre que llenaba las columnas de sociedad. Pero no había tenido tiempo de prepararse…

Vaughan no iba a dejarse impresionar por Amelia ni por su reputación. Prefirió sugerirle que pasara una semana con él, viéndolo trabajar. Lo habían retratado como un hombre despiadado tanto en los negocios como en el dormitorio…

Pasión escrita

Carol Marinelli

¡YA EN TU PUNTO DE VENTA!

Acepte 2 de nuestras mejores novelas de amor GRATIS

¡Y reciba un regalo sorpresa!

Oferta especial de tiempo limitado

Rellene el cupón y envíelo a

Harlequin Reader Service®
3010 Walden Ave.
P.O. Box 1867
Buffalo, N.Y. 14240-1867

¡Sí! Por favor, envíenme 2 novelas de amor de Harlequin (1 Bianca® y 1 Deseo®) gratis, más el regalo sorpresa. Luego remítanme 4 novelas nuevas todos los meses, las cuales recibiré mucho antes de que aparezcan en librerías, y factúrenme al bajo precio de $3,24 cada una, más $0,25 por envío e impuesto de ventas, si corresponde*. Este es el precio total, y es un ahorro de casi el 20% sobre el precio de portada. !Una oferta excelente! Entiendo que el hecho de aceptar estos libros y el regalo no me obliga en forma alguna a la compra de libros adicionales. Y también que puedo devolver cualquier envío y cancelar en cualquier momento. Aún si decido no comprar ningún otro libro de Harlequin, los 2 libros gratis y el regalo sorpresa son míos para siempre.

416 LBN DU7N

Nombre y apellido	(Por favor, letra de molde)

Dirección	Apartamento No.

Ciudad	Estado	Zona postal

Esta oferta se limita a un pedido por hogar y no está disponible para los subscriptores actuales de Deseo® y Bianca®.
*Los términos y precios quedan sujetos a cambios sin aviso previo.
Impuestos de ventas aplican en N.Y.

SPN-03

©2003 Harlequin Enterprises Limited

Jazmín®

La boda sorpresa

Trish Wylie

El día de la boda se acercaba y parecía que su falso prometido iba a convertirse en su marido... ¡de verdad!

Desesperada por salvar el negocio de su padre, Caitlin Rourke decidió participar en un reality show televisivo. Sólo tenía una cosa en mente: ganar el dinero del premio, pero para hacerlo tenía que convencer a su familia y a sus amigos de que iba a casarse con un completo desconocido.

A medida que iba conociendo a su falso prometido, el guapísimo Aiden Flynn, Caitlin comenzó a sentirse en una encrucijada en la que debía elegir entre ayudar a su familia y mantener en secreto lo que sentía por Aiden...

¡YA EN TU PUNTO DE VENTA!

Deseo®

Muy cerca de ti
Colleen Collins

La ordenada vida de Jeffrey Brads-
haw se enfrentaba a un gran obstáculo; en lugar de encontrarse en Los
Ángeles haciendo la presentación con
la que hacer despegar su carrera, estaba atrapado en Alaska junto a una
testaruda piloto. La seductora e independiente Cyd Thompson lo tenía tan
cautivado, que ni siquiera se acorda-
ba del trabajo, sólo podía concentrarse en la pasión que desprendía aquella mujer.
Cyd deseaba a Jeffrey, pero no quería
que estuviese allí, porque sus planes
destruirían la Alaska que ella tanto

amaba. Por eso estaba dispuesta a hacer cualquier cosa para
distraerlo de los negocios. Y, si para ello tenía que seducirlo, lo
haría...

**Quizá lo mejor que se podía hacer estando tan cerca
era acercarse un poco más...**

¡YA EN TU PUNTO DE VENTA!

and as my finger glided up and down the blade I was holding in my hand.

As the truck passed by, I looked up and saw Zaria driving it.

"What the hell is she doing driving my man's shit? Matter of fact, that's my truck as much as I've paid for it." I climbed out my car, ready to find out. "I'll be right back, baby. Stay here," I told my son then slammed my car door.

Zaria was caught up in her own world until I cut her off in midstep.

Zaria

Once I turned onto my street, I let out the biggest sigh of my life, thankful that I was about to be at home without getting pulled over by the police. I was still paranoid and confused about what I'd done. I couldn't stop glancing over my shoulder at Melanie's wrapped-up corpse. I knew my love for Nardo ran deep, but the emotions had literally driven me crazy. I'd literally taken a life. After parking Nardo's truck a few houses down from mine, I hopped out and started rushing to my door. I was so preoccupied with my thoughts that I didn't even notice I was being watched or walked up on.

"You've got to be out of your muthafuckin' mind!" I yelled in amazement at my baby daddy's li'l island monkey. "What in the hell are you doing at my spot? Did you come here for another beatdown?" I was still frantic and in another head space over murdering Nardo's other play-toy.

"I didn't come here to play with you, Zaria." Spice exposed the knife she was holding behind her back and wildly waved it at me.

I started laughing erratically. "Girl, bye! You better make sure you kill me since you done pulled that little piece of bullshit out." I taunted her. "I ain't never let a bitch threaten me and get away with it!" I screamed and braced myself for a fight.

She waved her knife at me again, but closer to my face. I didn't let her arm get all the way back down or in another full motion before grabbing her wrist. I then started twisting and yanking it as hard as I could till the knife fell from her hand.

"Oh, hell naw, you should've definitely stayed in the burbs with yo' weak ass." I grabbed the knife and put it to work. I first cut her across the left side of her face. Then, I lost control and started slicing her entire face up. The same feeling that came over me when I killed Melanie had slipped inside of my spirt again. It felt like I was possessed and having an out-of-body experience. "I told you to leave me alone. I told you to leave my family alone. I fucking warned your dumb ass not to come for me." I thought about all the nights I'd laid up lonely while Nardo laid up with her.

Izzi

I slammed on my brakes and burned rubber in the middle of Zaria's block when I saw the drama that was unfolding. It was sheer anarchy and had me stuck still. Zaria was like a savage as she slit ol' girl all across the face. I thought she was gonna fuck around and gut her, until she dropped the knife and started beating Spice's ass. I'd never seen a chick act as deranged as Zaria was acting. Her hair was all over her head, her jaws were clenched tightly with determination, and her eyes looked like she was possessed by the devil. I knew Nardo had fucked her heart up, but I had no idea he'd fucked up her mind too. It wasn't until a bright pair of headlights flashed into my face that I came out of the trance I was in.

Oh, shit, let me get this girl. I jumped out of the car to disarm Zaria.

"Oh, hell naw! What the fuck is going on? Spice? Oh my God! What happened? Baby, are you okay?" I heard Nardo's yelling turn from shock to pure fear.

I turned around to see him leaping from the back seat.

Zaria

"Oh, no the fuck you didn't just scream for your precious Spice. Are you blind or something? You do see where she's laid out at, right? My fucking house. Our daughter's fucking house, shall I be all the way politically correct." My heart was racing, and I was out of breath. "You got some nerve coming to her defense," I shrieked out as I let Spice, who was begging for her life, fall to the grass. "First she can shoot my car, and now this? I'm the one constantly being disrespected—by you and her."

"I *been* told you our relationship was over, Zaria, so please quit playing that victim role you love playing so much. Ain't no bitch that's fucking my homeboy a muthafuckin' victim. Real talk. Yup, the cat is out of the bag on that one. You ain't shit, and you ain't never gonna be shit." Nardo was coming toward me, fists clenched. "Now I'm about to teach you a real lesson about what disrespect really is."

"Hold up, guy! I'll put a bullet in that ass before you put a hand on her." Izzi stepped out of the shadows, making his presence known. "You better slow yo' roll."

Chuckling like he was purely amused, Nardo looked between me and Izzi like we were ghosts. "This bullshit must be a joke. Are you serious, dog?" Nardo questioned Izzi as he started walking up on me again.

"Try me. You already know I gets down," Izzi pledged.

"I can't believe I was down for you, and all this time you were running around with skeezers, getting every pussy in the world to carry your little punk children. I hope you die in your sleep, Nardo!" I shouted.

"You think I wanted kids by your trifling, stank ass? Hell to the fuck no! You didn't amount to anything before Cidney, and you ain't gonna amount to nothing never. You always gonna be a gutter rat trying to be on the come-up," he predicted before getting down on his knees at Spice's side and opening his cell up to call for help. "Go over there and suck my boy's dick like you been doing. Maybe he still wants yo' messy ass."

I looked Izzi directly into his eyes and shook my head in disbelief that he'd told Nardo about our special secret encounters. *How could you do that to me?* I puzzled as the dampness of the night surrounded me. Not a single breeze was in the air as I stood in the middle of my front lawn with my life in a complete shambles and a bloody steak knife down at my side.

All my nine-to-five nosy neighbors, who had grown to love me and my baby daughter, were all in bathrobes, standing on their porches, passing judgment on me. A small child, who appeared to be Spice's son, was banging on her car window, trying to get out and probably kick me in the leg for hurting his mother. Even the stray cat I used to give a bowl of milk to every morning walked past me, turning up his nose. And worst of all in my real-life nightmare was that Nardo's truck, which was housing Melanie's dead body, was parked just a few short yards away, waiting for someone to look in the back and discover I was a murderer. I didn't want to go on, yet I'd gone too far to turn back.

"What's next?" I lifted my head, asking God, knowing He had finally given me more than I could stand. It was then that I realized the fairytale I'd been living in my head was exactly that—a fairytale. My baby daddy was never gonna respect me or be loyal to me.

Out of nowhere, I dashed to Izzi's still-running car with revenge fueling my rampage. Hopping into his ride, I threw the gear into drive and slammed down on the gas pedal. As the automobile quickly accelerated, jumping the curb, Izzi was smart enough to get the fuck out of my way by diving into the thick row of bushes and taking cover. But Nardo, the source of all my problems, was not that fast-thinking or wise. Frozen stiff, he was dead in my path, eyes cocked wide open like a deer trapped in headlights.

"I hate you, Renard!" I relived flashbacks of all the heartache, resentment, and drama he'd taken me through as I gripped the steering wheel and pressed my foot down on the gas pedal. "I hate you. I hate you. I hate you." It felt my chest tightening as the anxiety ate me up. I couldn't see straight. I felt enraged! My heart was racing, and my veins were filled with vengeance as I rapidly increased speed toward my child's father and made contact with his body. I didn't see him helplessly soar up in the air, but I sure as hell felt him come forcefully down. Nardo's muscular frame came crashing down on top of the car's hood, making a gigantic dent when he landed.

The heavy impact of him hitting Izzi's car made me feel powerful. I'd spent too many years at his mercy. I couldn't stop laughing as I heard him crying out in pain. I felt like he deserved it. I didn't pity him.

"You're lucky I didn't kill you and that you can still fight for your life, with yo' dumb ass," I coldly shouted, then callously slammed on the brake and knocked his cheating ass onto the concrete pavement. "Matter of fact, now y'all can love up on one another in rehabilitation." I slammed on the gas pedal again, this time pulling off and over his tatted-up leg at the same time. "Bye, Renard." I had the last word, laugh, and vengeance.

"Damn. I done fucked up," I said, regretfully realizing what I'd done as I looked in the rearview mirror at the chaos in front of my house.

Oh, well! I did what I had to do. It couldn't be helped. After all, I am a woman scorned.

Now, ready or not, I was about to move on and start a new chapter in my life. There would be no more VIP treatment, no more shopping sprees, no more hair appointments, and no more pedicures at Kimmie's. No more would I be known as Zaria, the number one, top-notch bitch in Detroit. I had a new title to live up to. I would now be known as Zaria, the bitter baby momma on the run.

As I was driving and coming to grips with what I had to do, my maternal instinct kicked in. Confidently, I opened my cell to call the babysitter, informing her I was on the way to pick up my innocent baby girl Cidney, so she should have her ready.

Started from the bottom now we're here.
Started from the bottom now we're here.

My ringtone went off. I powered off my phone. I knew Izzi wasn't gonna stop calling. Wiping the multitude of tears from my eyes, I felt messed up that I couldn't talk to the one person who had been down with me, but I couldn't take the risk of answering. I didn't know if he was hemmed up, or if it was even him on the line. So much had gone down in front of my house with my neighbors watching that I was sure the police already knew my name.

I started panicking and shaking when I heard their sirens off in the distance. I didn't know if they were coming for me or not, but I rubbed my belly and took off. I was officially a pregnant chick on the run because I refused to have me and Renard's second baby in a jail cell.